IQ《アイキュー》探偵《たんてい》ムー

そして、彼女《かのじょ》はやってきた。

作◎深沢《ふかざわ》美潮《みしお》　画◎山田《やまだ》J太《じぇいた》

ポプラ社

深沢《ふかざわ》美潮《みしお》

武蔵野《むさしの》美術《びじゅつ》大学《だいがく》造形《ぞうけい》学科《がっか》卒《そつ》。コピーライターを経《へ》て作《さっ》家《か》になる。著作《ちょさく》は、『フォーチュン・クエスト』、『デュアン・サーク』（電撃文庫《でんげきぶんこ》）、『菜子《なこ》の冒険《ぼうけん》』（富士見《ふじみ》ミステリー文庫）、『サマースクールデイズ』（ピュアフル文庫）など。ＳＦ作家クラブ会員《かいいん》。

みずがめ座《ざ》。動物が大好《だいす》き。好きな言葉は「今からでもおそくない！」。

山田《やまだ》 Ｊ《じぇい》 太《た》

１／26生《う》まれのみずがめ座《ざ》。O型《がた》。漫画家《まんがか》兼《けん》イラスト描《か》き。絵に関《かん》する事《こと》に携《たずさ》わりたくて、現在《げんざい》に至《いた》る。作品《さくひん》は『ICS犀星国際大学《さいせいこくさいだいがく》Ａ棟《とう》302号《ごう》』（新書館《しんしょかん》WINGS）、『GGBG！』（ジャイブＣＲコミックス/ブロッコリー）、『あさっての方向《ほうこう》。』（コミックブレイドMASAMUNE）。

１巻《かん》の発売《はつばい》の頃《ころ》にやってきた猫《ねこ》も、ワイルドにすくすくと育《そだ》っています。

目《もく》次《じ》

★登場人物紹介《しょうかい》●●●

茜崎《あかねざき》夢羽《むう》

小学五年生。ある春の日に、元《げん》と瑠香《るか》のクラス五年一組に転校してきた美少女。

杉下《すぎした》元《げん》

小学五年生。好奇心旺盛《こうきしんおうせい》で、推理小説《すいりしょうせつ》や冒険《ぼうけん》ものが大好きな少年。

江口《えぐち》瑠香《るか》

小学五年生。元《げん》とは保育園《ほいくえん》の頃《ころ》からの幼《おさな》なじみの少女。

小《こ》日向《ひなた》徹《とおる》

五年一組の担任《たんにん》。あだ名は「プー先生」。

河田《かわだ》、山田《やまだ》、島田《しまだ》

五年一組の生徒。「バカ田《ダ》トリオ」と呼《よ》ばれている。

小林《こばやし》聖二《せいじ》、高橋《たかはし》冴子《さえこ》、水原《みずはら》久美《くみ》、木田《きだ》恵理《えり》、内田《うちだ》里江《りえ》

五年一組の生徒。

そして、彼女《かのじょ》はやってきた。

1

それは、春の嵐《あらし》とでもいうんだろうか。

目も開けていられないほどのすごい突風《とっぷう》が街中に吹《ふ》きまくっている日のことだった。

もうすぐ朝の会が始まるぞという頃《ころ》。

銀杏《いちょう》が丘《おか》第一小学校の誰《だれ》もいない校庭を、二階の教室の窓《まど》からぼんやりと眺《なが》めていた杉下元《すぎしたげん》は、目をこすった。

校庭の周りをぐるりと取り囲むように並《なら》んで立っている銀杏《いちょう》の木立が、急にユサユサとゆれ始めたように見えたからだ。

「んん……!?」

もう一度目をこする。

すると、小さな小さな若葉《わかば》（そう。例の扇形《おうぎがた》をした……秋になると黄色になる葉っぱだ）がいっせいにパタパタとはためいているだけだったというのに気づいた。

「なんだなんだ……地震《じしん》かと思ったよ」

元《げん》は思っていることをつい口に出して言う癖《くせ》がある。

とはいえ、それもしかたがないほどのゆれ方だった。

そのわりに、教室はちっともゆれてないいんだから、やっぱり地震《じしん》なんかじゃない。

でも、その葉っぱのはため き方がどうもおかしいようにも思える。まるで、校庭のまんなかを軸《じく》にして、くるくると大きな洗濯機《せんたくき》のなかのように風が回っているようで。

実際《じっさい》、土ぼこりがたち始め、それはやがて大きなつむじ風になってコマのように回転を始めた。

「すご……」

こんなのは見たことがない。

これはもうつむじ風というレベルを超《こ》えている。竜巻《たつまき》といってもいいんじゃないだろうか。

元《げん》は、知らず知らずのうちに口をポカンと開けて、まさに釘付《くぎづ》けになっていた。

「どうしたの？　元《げん》くん」

ふいに声をかけられ、びっくりして振《ふ》り向《む》く。

長い髪《かみ》を高い位置でふたつ結びにし、その先をクルリンとカールさせたヘアスタイル。

毎朝よくそんなこったスタイルにできるもんだと感心してしまいそうになって、元《げん》は
プルプルと頭を振《ふ》った。

それどころじゃないんだ。

「いや、あのさ……今、校庭のほうがすごい竜巻《たつまき》で」

「え？　竜巻ぃ？　どれどれ」

身を乗り出して、元のほうに顔を寄《よ》せてくる。

クルリンとカールした髪がバシッと元《げん》の頰《ほお》を叩《たた》く。

ふわっとシャンプーのいいにおいがして、元《げん》は顔をしかめた。

（ったく、そんなにこっち来《く》るなよ！）と思っても、なかなかそういう本音は言えない
もんだ。

「なんでもないじゃないの!?　ただの風でしょ」

クラスメイトの江口瑠香《えぐちるか》に言《い》われ、元《げん》は「ええ!?」と再《ふたた》び校庭を見た。

たしかにそこには、何の変哲《へんてつ》もないただの風がぴゅうぴゅう吹《ふ》いているだけ……では

ない！

さっきまで竜巻《たつまき》の中心だったと思える場所に、ほっそりした小さな女の子が立っていたのだ。

「えぇえ⁉」

またまた目をこする。

目を離《はな》したのはたった一分か、それ以下である。そんな短い間にあそこまで歩いてこられるわけがない……と思う。表門からでも裏門《うらもん》からでも、どの校舎《こうしゃ》からでも。

でも、そこには何度見ても、ひとりの女の子が立っていたのだ。

まるでこつ然と現《あらわ》れたかのように。

「誰《だれ》、あの子。見たことないよね」

「……う、うん」

瑠香《るか》に言われ、元《げん》がうなずいた時だ。

「あっ‼」

「わっ‼」

ふたり、同時に声をあげてしまった。

なぜなら……その女の子が顔を上げ、元《げん》たちをまっすぐに見つめたからだ。

目を丸くしてオタオタしているふたりを見つめたまま、彼女《かのじょ》は「ニッ」と笑った。

自然、ふたりも「ニッ」とぎこちなく手を挙《あ》げ、笑い返す。

でも、その時にはすでにふたりのほうなど見向きもせず、スタスタと元《げん》たちのいる校《こう》舎《しゃ》に向かって歩き始めていた。

ストレートの長い髪《かみ》が風をはらんでブワッと後ろになびいて。

裾《すそ》の広がったジーンズに、サイドにラインの入った紺色《こんいろ》のブカブカジャンパー。茶色のランドセルを背負《せお》って、何の迷《まよ》いもなくズンズン歩いてくる。

どうやら同じ五年生か、またはひとつ上か下か。それくらいだが。

たしかに、あんな生徒は見たことがない。

小さいけれど、独特《どくとく》の存在感《そんざいかん》とでもいうのか。何しろ目立つ。あんな子、一度見たら絶対忘《ぜったいわす》れないだろうに。

とすれば、転校生!?

変なやつ!!

それも、とびっきり。

彼女《かのじょ》の歩く姿《すがた》を見つめながら、元《げん》はびっくりがわくわくに変化していくのを感じていた。

2

「先生が来た!!」

どこの学校でも、どこのクラスでも、先生がやってくるのをいち早く見つけ、知らせてくれるおっちょこちょいがいるもんだ。

元《げん》のクラスも例外ではなく、背《せ》は低いがとにかく声が大きく足も速い島田《しまだ》実《みのる》という生徒が大声を張《は》り上《あ》げた。

ガタガタと椅子《いす》を鳴らして、元《げん》たちは席にもどった。

といっても、元《げん》は自分の席に座《すわ》っただけ。そう。彼《かれ》の席は、さっき不思議な少女を発見したあの窓際《まどぎわ》の席だった。

夏暑く、冬も天気が良ければポカポカと暖《あたた》かく、そして、こういう風の強い日は窓ガラスがガタガタとうるさい窓際の席。

隣《となり》の席は今のところ誰《だれ》もいない。新学期になったばかりだったが、少子化とかで、元《げん》のクラスも二十五人しかいないのだ。

五年生は、もう一クラスあるだけ。ちなみに元《げん》のクラスは一組。つまり、「5―1」だった。

元《げん》は内心わくわくしていた。

もしかしたら、さっきの変なやつが同じクラスになり、隣の席になるかも……!?　と期待していたからだ。

他《ほか》にも空席は四つあったので、五分の一の確率《かくりつ》ではあったが。

クルリンカールの瑠香《るか》は、ひとつ置いて斜《なな》め前の席。

彼女《かのじょ》とは保育園《ほいくえん》の頃《ころ》からいっしょである。同じ釜《かま》の飯を食った仲というわけ。

だから、朝、母親と別れがたく、いつまでも保育園の柱につかまってビービー泣《な》いていたってことも、運動会の時カケッコで転んで、そのまま家に走って帰ったってことも、みんな知られている。

早いとこ、別々の道を歩んでみたいものだと思っているのだが、環境《かんきょう》からか運命からか、その両方なのか、なかなかそうはさせてくれないのだ。

まず先生がのっそりと現《あらわ》れた。

あだ名は『プー先生』。くまのプーさんからきている。

本名は小日向徹《こひなたとおる》。

小さな丸い目をぱちぱちさせ、どーんと突《つ》き出《で》たお腹《なか》に、くたびれたスーツ。

その風貌《ふうぼう》からあだ名が付いたとされる説と、よく「ぷー！」と、おならをするから付いたという説とふたつある。

父親と同じくらいの歳《とし》だと思うが、よくわからない。もじゃもじゃした髪《かみ》に、無精髭《ぶしょうひげ》をぽちぽちと生やした愛嬌《あいきょう》のある顔で、ドスドスと教室の床《ゆか》を鳴らして教壇《きょうだん》に立った。

「おはよう」

のんびりした野太い声。

「おはようございます！」

声をそろえて、生徒たちが朝の挨拶《あいさつ》を返す。

でも、生徒たちの興味《きょうみ》は彼ではなく、廊《ろう》下《か》のほうに集中していた。

そうなのだ。やっぱりなのだ。

さっきの不思議少女が廊下で待っていたのだ！

彼女《かのじょ》の情報《じょうほう》（校庭のまんなかに現《あらわ》れ、元《げん》たちを見《み》て「にっ」と笑ったという）は、瑠香《るか》によってほとんどの生徒に伝達ずみ。その伝達スピードたるや、インターネットをはるかに超《こ》えている。

「ん？　なんだなんだ。みんな落ち着きがないな。そんなことではいかんぞ。人に挨拶をする時は、ちゃんとその人の目を見なくてはいかん」

プー先生《せん》がお説教を始めようとしたが、生徒たちは聞いちゃいない。

「いいから、先生、早く紹介《しょうかい》してよ！」

「転校生なんでしょ⁉」

「待ってるよ」

口々に文句《もんく》を言って催促《さいそく》した。

プー先生は、しかたないなぁという顔でため息をつき、扉《とびら》の向こうに声をかけた。

「入りなさい」

誰《だれ》かがゴクリと喉《のど》を鳴らす音が聞こえた。

しかし、彼女《かのじょ》が入ってくるより先に、風がピュウピュウと教室中に吹《ふ》きこんできた。

「うわあ！」

「あ、プリントが……！」

「きゃあ‼」

みんな大騒《おおさわ》ぎ。

机《つくえ》の上にあったノートも鉛筆《えんぴつ》も、もちろん宿題プリントも吹《ふ》き飛《と》ぶほどの突風《とっぷう》だった。

白いカーテンを風がふくらませ、バサバサと大きな音をたてる。

女の子の髪《かみ》の毛《け》もバサバサにして、ついでにスカートもバサバサと舞《ま》い上《あ》げた。

「わあ！」

「やだ、えっちー！」

「こらこら、静かに。杉下《すぎした》、窓《まど》を閉《し》めなさい！　ほら、そっちもだ。廊下《ろうか》の窓も閉めなさい！」

先生に言われ、元《げん》はあわてて窓を閉めた。そういえば、さっき校庭を見ていた時のまま、窓を開けていたのだった。

ようやくおさまって、教壇《きょうだん》のほうを見た時、クラス全員あっけにとられた。

大きなプー先生の隣《となり》で、とても小さく見える少女の長い髪《かみ》が……もうこれ以上ないってくらいむちゃくちゃになっていたからだ。まるで大きな鳥の巣《す》を頭にのっけた人のようで、顔も半分隠《かく》れてしまっている。

なのに、彼女《かのじょ》はちっともかまわず、黙《だま》って突《つ》っ立《た》っていたのだ。

「おや、すごい髪《かみ》になってしまったな」

プー先生は苦笑して、彼女《かのじょ》の髪をなでつけようとした。

すると、どうだ。

その手をパンッと平手打ちにしたではないか。

「い、いってて!!」

野球のグローブのような、クリームパンのような大きなぷっくりした手の甲《こう》に、ぱっちり手の跡《あと》が赤くついた。

元《げん》たちはまたまたびっくり。

でも、彼女《かのじょ》は無《む》表情《ひょうじょう》のまま、自分で髪を払《はら》った。

たぶん、すごく細くて柔《やわ》らかな髪なんだろう。なかなかきれいにはならなかったが、どうにか顔が見えた。

3

「かわいい……！」

つい口に出して言ってしまって、元《げん》は生まれてこのかた一番くらいに恥《は》ずかしい思いをした。

だいたい、そういう失敗をする時に限《かぎ》って、すごく静かだったりする。

みんながくすくす笑う。

それに、ひとつ置いて斜《なな》め前の席にいた瑠香《るか》が、くるっと振《ふ》り返《かえ》ってにらみつけていた。

黒目がちの大きな目を吊《つ》り上《あ》げ、すごくこわい顔で。

しかし、たしかにかわいいのだ。

まるでハーフの子のように白い肌《はだ》、茶色の瞳《ひとみ》も涼《すず》やかで、すっきりと鼻筋《はなすじ》も通って、小さな唇《くちびる》をキュッと結んでいるようすは、着《き》せ替《か》え人形のように完璧《かんぺき》だった。

クラスの男子も女子も、ほーっと見とれてしまっていた。

「じゃあ、自分で名前を黒板に書いて、自己紹介《じこしょうかい》をしなさい」

プー先生から白いチョークを渡《わた》され、彼女《かのじょ》は無言のままキュッキュッと黒板を鳴らして名前を書いた。

その小柄《こがら》な体型とは対照的に、不必要なほど大きな字で。


『茜崎夢羽』


「??さき、ゆめはね?」

「あかねざきだろ」

「むは?」

「ゆめう?」

ヒソヒソと生徒たちが口に出して言い始める。

バンッと大きな音がして、生徒たちは肩《かた》をすくめて黙《だま》りこんだ。

彼女《かのじょ》がチョークを置いた音だった。

そのまま振《ふ》り返《かえ》り、シーンと静まり返った教室をジロリと見回す。

「あかねざき……むう。よろしく」

声も不思議だった。

決して大きくないのに、よく通る声。胸《むね》にしっかりと刻《きざ》まれるような声だった。

しばらくまた沈黙《ちんもく》が続いたが、つぶやくような声がそれを破《やぶ》った。

「むう!?　変な名前!!」

クルリンカールの瑠香《るか》だった。

それをキッカケに、またクラスがざわついた。

「ほんと、変な名前」

「ムウっとしてるからじゃない?」

「それを言うなら、ムスッと……だろ」

元《げん》は、何か言いたくてたまらなくなった。人の名前をそんなふうに言うもんじゃない
とかなんとか。でも、さっきあんな失態《しったい》をしてしまったばかりだし。今はなさけないが、

短い髪《かみ》をかきむしるくらいしかできない。

それこそ、ムーッと口をへの字にして、大きくため息をついた。

すると、プー先生が大きな手を何度も叩《たた》いて、みんなを黙《だま》らせた。

「こらこら、人の名前のことをアレコレ言うもんじゃないぞ!!」

そうだそうだ。その通りだ！

元《げん》は、大きく何度もうなずいた。

「それにだ。先生は、茜崎《あかねざき》のご両親の気持ちがよーくわかるぞぉ。夢《ゆめ》を持って、羽ばたけ！　そういう気持ちをこめて付けたんじゃないかな。なぁ!?　茜崎《あかねざき》」

プー先生がニコニコしながら夢羽《むう》を見た。

しかし、当の本人はちっとも関心がないようで。髪《かみ》を手ぐしでなでつけながら、（はぁっ?）というふうに、先生を見返した。

「い、いや……ま、いいや。え、えぇーっと……ははは、茜崎《あかねざき》の席はどうしようかな」

プー先生はボサボサの髪《かみ》をかきながら、教室を見回した。

オレの横、オレの横!!

元《げん》は、以前テレビで見たアフリカの儀式《ぎしき》のように、手を組んで、一心に祈《いの》った。今度は絶対《ぜったい》に声に出さないよう注意しながら。

その思いが天に通じたのか、ただの偶然《ぐうぜん》なのか。

プー先生の視線《しせん》が元《げん》の顔で止まった。

とたん、ニヤニヤとくずれる。

え!?

目をぱちくりしていると、先生はこう言った。

「では、一番素直《すなお》に彼女《かのじょ》の第一印象を語ってくれた杉下元《すぎしたげん》、おまえの横を茜崎《あかねざき》の席にしてやろう。ふははは、責任《せきにん》持ってめんどうみてやれよ！」

教室中のひやかしの声と、興味津々《きょうみしんしん》の顔と、そして瑠香《るか》のさっきにもましてすごい視《し》線《せん》にさらされるなか、元《げん》は頭をかかえてしまった。

しかし、夢羽《むう》は何の興味《きょうみ》もないように、元《げん》の隣《となり》に行き、ランドセルをドンと置いた。

「あ……！　え、えと。杉下元《すぎしたげん》っていうんだ。よろしく」

片目《かため》を開けて、なんとか夢羽《むう》を見た元《げん》が、それだけ言うと、

「あんたも大変だな」

と、夢羽《むう》が言った。

「え？」

思わず聞き返すと、彼女《かのじょ》は席に着き、あごをクイと突《つ》き出《だ》した。

その先には、瑠香《るか》の吊《つ》り上《あ》がった目があった。

ギラギラと嫉妬《しっと》に燃《も》えたキングギドラかメカゴジラのような目だ。

「い、いや……別に。関係ないから」

あわてて弁解《べんかい》すると、夢羽《むう》は小さな口の端《はし》を上げて、クックックと笑った。

その笑《え》みを見《み》て、元《げん》は背筋《せすじ》がぞーっとなった。

天使みたいにかわいい顔して。この子、もしかして悪魔《あくま》かも!?

かなり真面目《まじめ》に、元《げん》は思った。

もちろん、彼女《かのじょ》は天使でも悪魔でもない。

ただし、ただの小学生でもないというのがわかるのに、たいして時を必要としなかったのである。

4

その日、一日、元《げん》は夢羽《むう》から目が離《はな》せなかった。

何《なに》しろそのすべてがおもしろいのだ。

まず、まだ教科書がないらしくて、最初、ノートも鉛筆《えんぴつ》も出さず、ぼんやり窓《まど》の外を見ていた。窓際《まどぎわ》は元《げん》だから、つまり……元《げん》のほうを見ていたわけで。

最初は誤解《ごかい》してしまった。自分を見ているのかと。

ドギマギして、「え？　何か？」なんて聞いてしまい、またまた深さ五メートルくらいの穴《あな》を掘《ほ》って埋《う》まりたい気分になった。

でも、そのようすを見たプー先生。

「そうか。茜崎《あかねざき》はまだ教科書を持ってなかったな。杉下《すぎした》、見せてやれ」

早速《さっそく》そう言ってくれた。

喜んで、教科書をふたりの境目《さかいめ》あたりに広げる。

でも、夢羽《むう》は別に関心がないようで、ちらっと教科書を見ただけで、今度は寝《ね》始《はじ》めてしまった。それも大胆《だいたん》なことに、机《つくえ》に突《つ》っぷして。

「お、おい！」

小声で注意するが、効果《こうか》はない。

肘《ひじ》でツンツンと突っついてみたりもしたが、全くだめ。

すぐに気づいたプー先生。ドスドスとスリッパの音をたててやってきた。

「こりゃ、茜崎《あかねざき》。そう大胆に寝《ね》られては、授業《じゅぎょう》をやってるほうは傷《きず》つくぞ！」

その言い方に、みんなドッと笑った。

笑いながら、夢羽《むう》がどうするかと興味津々《きょうみしんしん》。ようやく半目を開けた彼女《かのじょ》。今、何時でどこにいるのか、しばらく判断《はんだん》がつかなかったようだが、意外と素直《すなお》に「すみません」と謝《あやま》った。思いっきり眠《ねむ》そうな声ではあったが。

しかし、次の算数の時。

またまた彼女《かのじょ》は居眠《いねむ》りをしてしまった。

二度目だということもあってか、プー先生はいきなり「こら、茜崎《あかねざき》。この問題を解《と》いてみなさい！」と、黒板をバンバン叩《たた》いた。

　すると、彼女《かのじょ》はボーっとした顔のまま立ち上がり、思いっきり顔をしかめて黒板を見た。

　この子、そうとう目が悪いのかな？

　元《げん》はそう思ったが、やがて、単なる癖《くせ》だというのに気づいた。

　夢羽《むう》は、目をこすりながら問題を見ていたが、首を傾《かし》げ、

「悪いけど、こんな不備《ふび》な問題。まともに答えられない。強《し》いて言うなら『1袋《ふくろ》』かな？」

と、答えた。いや、答えたというよりはつぶやいた。

　これには、クラス全員＆プー先生があんぐり。

　問題《もんだい》は『35個《こ》入った袋《ふくろ》がある。40個入れられる袋に入《い》れ替《か》えるとしたら、何袋必要か』

というものだった。

　彼女が口を開こうとした時、教壇《きょうだん》のすぐ前に座《すわ》っていた男子が小さく手を挙げた。

　名前は小林《こばやし》聖二《せいじ》。クラスで一番成績《せいせき》がいい。それもそのはずで、ふたつか三つの塾《じゅく》をかけもちしているという噂《うわさ》だった。背《せ》も高く、けっこう顔もいい。

「先生、何が入っているか書いてません。それはまぁどうでもいいんですけど。その何

かが35個《こ》入った袋《ふくろ》が何袋あるのか書いてないんですよ。文面からして、省略《しょうりゃく》したと考え、1袋だと彼女《かのじょ》は言ってるんじゃないでしょうか」

プー先生も顔を赤くして、しまったという表情《ひょうじょう》でしきりに咳払《せきばら》いをした。

「はは、すまんすまん。こりゃ、先生《せんせい》の失敗《しっぱい》だ。『ミカンが35個入った袋が3袋ある』と、考えてくれ」

しかし、夢羽《むう》は再《ふたた》び首をかしげた。

「だとすれば答えは同じく3袋ですけど。たぶん、問題……、まだ違《ちが》ってません？　たとえば35個ではなく55個だとか、または3袋ではなく30袋だとか。じゃなきゃ、40と35の差《さ》は5しかないわけで。5×3は15だから、現状《げんじょう》に変化を与《あた》えるだけの数にはなりませんから。そんな単純《たんじゅん》な問題を五年生の一学期に出題するでしょうか」

何度も言うようだが、まるでお人形のようなかわ

いらしい顔と声だ。

なのに、これほど理路整然とかわいげなく言ってのける彼女《かのじょ》に、クラスの大半が驚《おどろ》きとともに少なからず反感を感じた。特に、瑠香《るか》やその周囲の女子は。

その口調は別に挑戦的《ちょうせんてき》、または反抗的《はんこうてき》な感じではまるでなく、あいかわらず、淡々《たんたん》とひとり言でもつぶやいているような調子だったのだが。

その問題の『問題』は、夢羽《むう》が指摘《してき》した通り、プー先生の勘違《かんちが》いだった。

正しい問題は『ミカンが35個《こ》入った袋《ふくろ》が30袋あった。40個入る袋に入《い》れ替《か》えるとしたら何袋必要か?』というもので。『35×30＝１０５０　１０５０÷40＝26あまり10　よって、26＋1＝27袋』というのが正解《せいかい》だった。

さらに……。

その後の音楽の授業《じゅぎょう》でも、どうやら彼女はリコーダーを吹《ふ》いたことがないらしいというのが発覚し、ひと騒動《そうどう》あった。

リコーダーを持っていなかった彼女に、音楽の中山佳美《なかやまよしみ》先生《せんせい》が予備《よび》のものを貸《か》したのだが、いきなり片手《かたて》で握《にぎ》り締《し》めるように持って思い切り吹《ふ》いたからたまらない。

ぴぃぃいいいいい――――!!!

耳をつんざくような音が音楽教室中に鳴《な》り響《ひび》き、みんなは耳をふさいだ。

「んもう、うるさいわね。茜崎《あかねざき》さん、ふざけないで!!」

瑠香《るか》がすごい剣幕《けんまく》で言うと、夢羽《むう》はひょいと肩《かた》をすくめた。

「ごめん。でも、ふざけてるわけじゃない。こんな音が出るとは知らなかったんだ」

「そ、そんなはずないでしょ? それとも、リコーダーを吹《ふ》いたことないって言うの?」

「うん、ないよ」

その答えに、瑠香《るか》は目をまん丸にして絶句《ぜっく》した。

しかし、すぐに立ち直り、皮肉っぽく笑って言った。

「どこの小学校にいたの? 今どき、リコーダー一度も習ったことがない日本の小学生なんているのかしらね」

夢羽《むう》は、答える代わりに射抜《いぬ》くような澄《す》んだ目で瑠香《るか》を見つめた。

「お、おい、やめろよ！」

間に立ってその場をおさめようと、元《げん》が言いかけた時、

「はいはい。ほら、みんな席に着いて。教科書の十二ページ、『少年時代』を吹《ふ》いてください」

中山先生《なかやませんせい》が鈴《すず》を振《ふ》るったような高い声で言った。

みんないっせいにピーポーと笛を吹《ふ》き始《はじ》めた。

ただ、元《げん》の耳には聞こえた。夢羽《むう》のひとり言が。

「自分の常識以外《じょうしきいがい》のものをなかなか認《みと》められないのは、大人《おとな》たちだけかと思ってたけど、そういう小学生もいるんだな」

それはあくまでも正直な感想であって、皮肉や当てこすりではなさそうだった。

さっきの算数の時もそうだったのだが、彼女《かのじょ》は別に相手を怒《おこ》らそうなどとはチラッとも考えていないようだ。正直過《しょうじきす》ぎるだけであって。

5

その正直過《しょうじきす》ぎる言動のせいなのか。

少なくとも、夢羽《むう》のせいで（彼女《かのじょ》が意図的に何かをしているわけではないのだが）、クラス全体が浮《う》き足立《あしだ》ってしまったのは事実だ。

一年の頃《ころ》から、たった二クラスしかない学年だ。みんな顔見知りで、どこの誰《だれ》だかわかっている。そんな少し大きな家族のような状態《じょうたい》のところに、これだけ変わった転校生が入ってくれば、少なからず波紋《はもん》が起きるのも無理はない。

神経質《しんけいしつ》な水原久美《みずはらくみ》という女子は、とたんにお腹《なか》をこわし、保健室《ほけんしつ》へと直行した。幸い、整腸剤《せいちょうざい》を飲んだだけで、すぐ教室にもどってきたのだが、まだ青い顔をしていた。

ふだんから落ち着きのない河田《かわだ》、山田《やまだ》、島田《しまだ》（例の『先生が来た！』の島田実《しまだみのる》である）のバカ田トリオは、さらに落ち着きがなくなり、女子たちをひどくからかっては怒《おこ》らせた。

泣き虫の木田恵理《きだえり》は、ワアワアと大げさに泣き出す始末。

たしかに、五年一組はいつも以上に騒々《そうぞう》しくふつうではなかった。

五時間目。プー先生が少し遅《おく》れるので、しばらく自習をしていなさいと委員長が伝えた。

だいたい自習時間におとなしくしている生徒たちではないが、今日《きょう》は特に騒《さわ》がしかった。

ちなみに、委員長は率先《そっせん》してふざけている河田《かわだ》一雄《かずお》である。落ち着きがない彼《かれ》を委員長にすれば、少しは落ち着くのではないかというプー先生の期待を見事に裏切《うらぎ》っている。

今も定規《じょうぎ》を持ったまま走り回っていた。

「あぁあ、なんだか今日は変よね。調子狂《くる》っちゃってるっていうか。久美《くみ》ちゃんなんて、ストレスから腹痛《ふくつう》だって。いったい誰《だれ》のせいなんだろ……？」

瑠香《るか》はわざとらしく大きな声で言った。

元《げん》の隣《となり》に座《すわ》って、ぼーっと窓《まど》の外を見ている（つまり、元《げん》のほうを見ている）夢羽《むう》に聞こえるように言ったのはあきらかだった。

何もそんなことをわざわざ言うことはないだろうに。

元《げん》が困《こま》ったように瑠香《るか》を見て、彼女《かのじょ》が（なあに？）と見返した時だった。

教室の後ろで、小さな悲鳴のような声がした。

「うっそ――!!　なんでなの!?　なんでないのぉ!?」

なんだなんだ!?

瑠香《るか》も元《げん》も立ち上がって見た。

あっという間に人だかりがして、その女子を取り囲んでいる。

彼女《かのじょ》の名前は高橋冴子《たかはしさえこ》。背《せ》が高く、ふたつ結びにした髪《かみ》を長く垂《た》らしている。

冴子《さえこ》は図画が得意で、特に絵はよく展覧《てんらん》会《かい》に出品され、何度も賞《しょう》を取っている。今も、『友達《ともだち》』を描《か》いた絵が展覧会に出品されることになったので、図工の木村先生《きむらせんせい》のところへ持っていくことになっていたのだ。

しかし、しかし。後ろの壁《かべ》に貼《は》ってあったはずの絵が、彼女《かのじょ》のだけない。他《ほか》の生徒のは、すべてあるというのに。

「見落としてるんじゃないの？」

「高橋《たかはし》さん、自分で持って帰ったんじゃないの？」

「先生が先に持ってったんじゃない？」

「もう一回見たら？」

「最初から貼《は》ってなかったりして」

口々に、生徒たちが勝手なことを言う。

どの教室もそうだが、この教室も、すべての壁《かべ》は何かの展示物《てんじぶつ》か、連絡物《れんらくぶつ》でいっぱいになっている。習字、絵、感想文、「歯を磨《みが》こう」というポスター、交通安全のポスター、各係の名前を書いた紙、今学期の各自の目当て、ついでに落とし物のハンカチまで画鋲《がびょう》で貼りつけてあった。

とにかく所狭《ところせま》し、ありとあらゆるものが貼りつけてあるのだが……。

みんなが目を皿のようにして、何度も何度も、端《はし》から端まで確認《かくにん》してみたのだが……

やはり高橋冴子《たかはしさえこ》の絵だけがなかった。

彼女《かのじょ》と仲のいい瑠香《るか》が隣《となり》にかけよった。

「ほんとに、先生は持っていってないのよね？」

「うん……だって、ついさっき木村《きむら》先生に言われたんだもん。教室から持ってくるようにって」

「プー先生が気をきかせて持っていったってことはない？」

「ううん、横にプー先生もいて、いっしょに聞いてたもん。それはないよ」

「そっかぁ」

泣きそうな顔の冴子《さえこ》の肩《かた》を瑠香《るか》がさすってやる。

そんなふたりを見た後、窓《まど》のほうを見ながら、

「もしかして……今朝《けさ》の突風《とっぷう》で飛ばされたんじゃないのかな？」

と、元《げん》がボソッと言った。

「そっか。今朝の風、たしかにすごかったもんね。校庭も探《さが》してみるといいかも！」

さっそく窓《まど》を開けてみようとした瑠香《るか》と冴子《さえこ》だったが、ずらっと絵が並《なら》んだ壁《かべ》を見ていた元《げん》が首を振《ふ》った。

「あ……で、でも。やっぱり違《ちが》うかも」

「どっちなのよぉ！」

瑠香《るか》が文句《もんく》を言おうと口をとがらせる。

「え？　だ、だってさ。ほら……たしか高橋《たかはし》さんの絵って、この辺に貼《は》ってあったよね？　オレの近くだったから覚えてるんだけどさ」

元《げん》が指を指した先。

自分の描《か》いた絵（後ろの席の男子を描いたものだ）が画鋲《がびょう》で留《と》めてあった。

冴子《さえこ》は、うんうんとうなずいた。

「うん、その下のほうだったと思う……」

そこは、なんとなく他《ほか》の人の絵がずらして貼ってあるようで、あきらかに一枚《いちまい》だけぽっかり貼ってないという感じではなかった。それでもスカスカはしていたから、急場しのぎでごまかしたことは、誰《だれ》の目にも明白だった。

「風で飛《と》ばされたんならさ。そこだけきれいに四角く空いてるもんだろ?」

「なるほどな。こういう小細工をしているってことは、風で飛ばされたとか、そういうことじゃないんだ。あきらかに、これは人為的《じんいてき》なものだよ」

大人《おとな》びた言い方をしたのは、クラス一成績《せいせき》がいい小林《こばやし》だった。

彼《かれ》に賛成《さんせい》してもらったもんで、元《げん》はすっかり自信をつけた。

「そうだよ。やっぱりこれって、誰《だれ》かのいたずらだよ」

と、言ったのに、瑠香《るか》がすぐ、

「そっか……じゃあ、やっぱり誰かのいたずら!?」

と、頬《ほお》をふくらませた。

あ、あのなぁ。

オレが今そう言っただろ!?

口をパクパクさせ、瑠香《るか》に文句《もんく》を言おうとしたが、彼女《かのじょ》はまったくかまわずに続けた。

「……でも、いったい何のために!?」

6

そうだ。

たしかに、それが一番問題だ。

冴子《さえこ》の絵を隠《かく》して、何かいいことでもあるんだろうか!?

まぁ、よく推理《すいり》小説《しょうせつ》などでは、名画が消えたり、偽物《にせもの》とすり替《か》えられたりして、それを探偵《たんてい》が見事に解決《かいけつ》したりする。

でも、この場合はなぁ。

いくら冴子《さえこ》の絵が上手《じょうず》だからといって、盗《ぬす》むほどのものでもない。なんてことは、とても彼女《かのじょ》には言えないけれど。

「ところで……高橋《たかはし》さんは誰《だれ》の絵を描《か》いたんだっけ?」

小林《こばやし》が尋《たず》ねた。

冴子《さえこ》が答える前に、瑠香《るか》が「わたしよ!」と手を挙げた。

クルリンとカールした髪《かみ》を振《ふ》り立《た》てながら、

「ほら、冴《さえ》ちゃんをわたしが、わたしを冴《さえ》ちゃんが描《か》いたのよ！」

と、壁《かべ》を指さした。

そこには、瑠《る》香《か》が描いた冴子《さえこ》の絵が貼《は》ってあった。人間とは思えないほど目が大きくマツゲが長い顔は、お世辞にも上手《じょうず》とは言《い》い難《がた》く、とても冴子《さえこ》には見えなかったが、長いふたつ結びの髪《かみ》からかろうじて、彼女《かのじょ》かもしれないと推測《すいそく》できた。

みんなが同じことを考えたのがわかったんだろう。

瑠《る》香《か》は憮然《ぶぜん》とした顔で、「な、何よ！　なんか文句《もんく》あるの!?」と口をとがらせた。

「いや、なんでもないよ。じゃあ、もしかすると、いや、ただの推理だからね。気を悪くしないでほしいんだが。犯人《はんにん》の狙《ねら》いは、高橋《たかはし》さんではなく、江口《えぐち》さんなのかも」

小林《こばやし》の眼鏡《めがね》が光る。

「犯人の狙いって、それ、何よ!!」

当然、瑠《る》香《か》は目を吊《つ》り上《あ》げて抗議《こうぎ》した。

「い、いや、だからさ。これはただの推理だから……」

小林《こばやし》があわてて言いつくろう。

でも、瑠香《るか》はだんぜん納得《なっとく》できないという顔で彼《かれ》をにらみつけた。

「ま、ちょっとした嫌《いや》がらせっていうか、イタズラだと思うけどなー」

元《げん》がフォローすると、

「どっちでも気分悪いじゃん。何よ、それ。どうしてわたしがそんなことされなくちゃいけないわけ？」

「さ、さぁ……そんなの、オレ知らない……っていうか、だからさぁ。これはただの推《すい》理《り》であって。だよなぁ？」

小林《こばやし》に同意を求めると、彼《かれ》もウンウンと激《はげ》しくうなずいた。

「でもさ……この絵がここに展示《てんじ》されたのはいつだっけ？」

委員長の河田《かわだ》が聞いた。

廊下《ろうか》や教室を走り回っていた彼《かれ》も、こっちのほうがおもしろそうだというんで、首を突《つ》っこんできた。決して、委員長《いいんちょう》としての自覚からではなく。

いっしょに走り回っていた島田《しまだ》、山田《やまだ》も同じように首を並《なら》べている。

「いつからだっけ？」

「さぁ……っていうか、オレ、この絵が貼《は》られてたの知らなかった」

「アホッ！」

ふたりは、河田《かわだ》にゴツンゴツンと頭を殴《なぐ》られ、へらへらと笑ってみせた。

　まぁ、それもしかたのないことだ。だいたいこういう絵がいつ貼られたのかなんて、いちいち覚えている小学生はいないだろうから。

「かなり前のことだからなぁ。よし、なんなら、ひとっ走り、先生に聞いてきてやろうか⁉」

　調子のいいことを言うのは、島田実《しまだみのる》だった。

　しかし、そんな島田《しまだ》の言葉を冴子《さえこ》が即座《そくざ》に否定《ひてい》した。

「違《ちが》うわよ！　そんなに前のことじゃない。たしか……一昨日《おととい》よ。一昨日の放課後、プー先生が貼ったんだわ。昨日《きのう》の朝になって貼ってあるのを見たもの」

　それを聞いて、河田《かわだ》はケタケタと笑った。

「さっすが絵に自信のある人は違うねぇ！　自分の絵、何度も何度も見てたんだろー!!」

「な、何よ。違うわよ!!」

冴子《さえこ》が言い返す。

その彼女《かのじょ》を「まぁまぁ」と元《げん》がなだめながら、

「じゃあさ。最後に見たのっていつ？　ここに貼《は》ってあるのを最後に見たのはってことだけど」

と、聞いてみた。

すると、

「そっか。犯行時刻《はんこうじこく》の割《わ》り出《だ》しだな？」

と、河田《かわだ》が膝《ひざ》を乗り出した。

「い、いやぁ……そんなに大げさな話じゃないんだけど」

「いや、そうだろ。ほら、さっさと白状《はくじょう》してしまいなって。気が楽になるぜ？」

河田《かわだ》はすっかり刑事気取《けいじきど》りだ。

冴子《さえこ》は彼《かれ》のことなど全く無視《むし》して、元《げん》に言った。

「最後に見たのは……昨日《きのう》の昼休みかな。あのねぇ。わたし、別に自分の絵ばかり何度も何度も見たりしないから」

「そっか。じゃあ、絵をはがしたり、ここを細工《さいく》したりしたのは、昨日の昼休みから今までってことになるのかな？　昨日の昼休み以降《いこう》に彼女《かのじょ》の絵を見た人いる？」

元《げん》は見回したが、誰《だれ》も何も言わなかった。人の描《か》いた絵や習字などは、一度見れば十分なのだ。

そのようすを見て、今度は小林《こばやし》が口を開いた。

「だったら、誰が……ってことになるな。ふつう、推理《すいり》小説《しょうせつ》なんかだと高橋《たかはし》さんの絵を隠《かく》して、誰か得をする者がいるか？　ってことが問題になるんだけど」

「そうそう。つまり、動機だよね？」

元《げん》が聞くと、小林《こばやし》はウンウンとうなずいた。

「いないでしょ!?」

即座《そくざ》に瑠香《るか》が大きな声で言った。

「でもさ。高橋《たかはし》さんの絵って展覧会《てんらんかい》に出展されるんだよね？」

と、聞いたのはピアノのうまい内田里江《うちだりえ》という女子だ。

「そ、そうよ！」

今度は冴子《さえこ》が答える。

「でも、まさか……わたしの絵を隠《かく》して、自分の絵を出展《しゅってん》させようなんて思う人いるわけないじゃん」

「そりゃそうだ。第一、誰《だれ》が選ばれるかなんてわからないわけだし。そんなことのために、こんなことするやつなんかいないよ」

と、元《げん》。

小林《こばやし》もうなずいた。

「でも……でもさ。だったら、やっぱり小林《こばやし》くんが言うように、江口《えぐち》に対する嫌がらせっつうか、イタズラなんじゃないのか？」

元《げん》が言うと、小林《こばやし》は付け加えた。

「または……その逆《ぎゃく》で。江口《えぐち》さんのことを好きな男子が、彼女《かのじょ》の絵を持っていたかったから盗《ぬす》んでしまったのか……とかさ」

と、言っておいて、内心それはないだろうなと思った。

元《げん》もそうだ。ついつい思っていることを口に出してしまう癖《くせ》がある彼《かれ》は、この時ばかりは絶対《ぜったい》に口に出して言ってはいけないと、必死に手で口を押《お》さえた。

なのに、

「ぎゃっはっはっは、んなわけねーじゃん！」

「ほんとほんと」

「うひゃひゃひゃひゃ」

と、素直《すなお》な感想を言い笑い転げたのは河田《かわだ》・山田《やまだ》・島田《しまだ》のバカ田トリオ。

瑠香《るか》にボカボカと殴《なぐ》られ、ヒーヒー言いながら逃《に》げまどう。

みんなも思い思いに喋《しゃべ》り出《だ》し、教室が再《ふた》び騒然《そうぜん》となってしまった時のことである。


バンッ!!

すごい音がして、クラス全員、振《ふ》り返《かえ》った。

みんな後ろの壁《かべ》あたりにいたので、教壇《きょうだん》のほうを向いたことになる。

音をたてたのは、背中《せなか》に垂《た》らした細くて長い髪《かみ》。紺色《こんいろ》のブカブカジャンパーの後ろ姿《すがた》……。

ずっと寝《ね》ていたんだろう。頬《ほお》に手の跡《あと》が赤く残っている。

不機嫌《ふきげん》そうな、眠《ねむ》そうな顔のまま振《ふ》り返《かえ》った……その女の子は。

そう。

不思議な転校生、夢羽《むう》だったのだ。

7

「な、何よ、何か文句《もんく》でもあるの？　だいたいね。今日《きょう》転校してきたばかりなのに、クラスの問題に口を挟《はさ》まないでよね」

瑠香《るか》が言う。

「おい、そんな言い方やめろよ」

元《げん》が言うと、

「何よ。元《げん》くん、またこの子のこと、かばうつもり!?」

と、ますます瑠香《るか》の目は吊《つ》り上《あ》がった。

「いや、だからさ。もしかして、彼女《かのじょ》も何か意見……っていうか、気づいたことがあるんじゃないかなーと思《おも》ってさ。ほら、客観的に見たほうがわかることってあるだろ?」

必死にとりつくろう。

「そうなの? 何か気づいたことでもあるわけ?」

あいかわらず突《つ》っかかるような言い方で瑠香《るか》が夢羽《むう》に聞く。

夢羽《むう》は、瑠香《るか》にも元《げん》にも見向きもせず、後ろの壁《かべ》のほうへとズンズン歩いてきた。

そして、例のすごいしかめっ面《つら》で、壁《かべ》や展示物《てんじぶつ》を観察し始めたのである。

クラス全員が固唾《かたず》をのんで見守っている。

キュッキュッという彼女《かのじょ》の上履《うわば》きの音だけが教室に響《ひび》く。

ぶわっと風をはらんでふくらんだ髪を後ろになびかせ、細くて小さな体をゆらして。

裾《すそ》の広がったジーンズは、よく見ればあちこちに穴《あな》が空いていた。

やがて、彼女《かのじょ》は教室の隅《すみ》でピタリと止まった。

彼女は、目の前のポスターを見上げたまま言った。

「このポスター、最近貼《は》り替《か》えたりしたことは？」

それは、『食事の後は歯を磨《みが》こう』という古ぼけたポスターだった。

女の子が大きな口を開けて、歯磨きをしている絵が描《か》かれたそのポスター。たぶん、前の五年生の代からか、あるいはさらにその前の代か……とにかくひたすら誰《だれ》にも気にされずにそこに存在《そんざい》していたものらしい。日に焼けて薄茶《うすちゃ》けてしまっている。

元《げん》も瑠香《るか》も、冴子《さえこ》も小林《こばやし》も、バカ田トリオも。クラスの全員が首をひねった。

けっこう大きなポスターだというのに、そんなものが壁《かべ》に貼《は》ってあったことすら記憶《きおく》にないからだ。

みんなのようすを見ていた夢羽《むう》は、ひとつ、そしてまたひとつと金色に輝《かがや》く画鋲《がびょう》を外していった。

ついに最後の画鋲を外し、ポスターをサッと剥《は》がした時、クラス全員が「あっ！」と息をのんだ。


なんと……。


「歯を磨《みが》こう」と呼《よ》びかける古びたポスターの下に、少し勝ち気な目をして、クルッとカールした髪《かみ》を輝《かがや》かせた少女が生き生きと描《えが》かれた絵が現《あらわ》れたからだ。

言うまでもなく、冴子《さえこ》の描《か》いた絵だった。

「な、なんで!?」

「どうして、こんなところに……!?」

騒然《そうぜん》となる教室。

「あ、ひ、ひどい。泥《どろ》で汚《よご》れてるじゃないの!!」

自分の絵のもとに走《はし》り寄《よ》った冴子《さえこ》は、とがめるような声をあげた。

彼女《かのじょ》の言う通り、ちょうど瑠香《るか》の顔のまんなかあたりに泥がついたような汚れがあったからだ。

「やっぱりわたしの美しさに嫉妬《しっと》した誰《だれ》かのしわざなのかしら……」

と、つぶやいた瑠香《るか》に、元《げん》も夢羽《むう》も、目をパチクリとしばたたかせた。

瑠香《るか》は、キッと夢羽《むう》を見た。

「で、でも、どうしてわかったわけ?」

夢羽《むう》は軽く肩《かた》をすくめてみせた。

「そのポスター、黄ばんでるくらいに古くて。ほら、壁《かべ》にも貼《は》り直《なお》した跡《あと》がついてるだろ」

瑠香《るか》はあわてて確認《かくにん》した。

たしかに。ポスターが貼《は》られていた部分の壁《かべ》だけクッキリと白い。他《ほか》は薄茶色《うすちゃいろ》だというのに。

「その跡《あと》が少しずれて見えてた。つまり、最近、このポスターは貼《は》り替《か》えられたんだ。しかも、画鋲《がびょう》がなぜか不自然なほど新しかった。よく見てみればわかるけど、このポスターを剝《は》がす時、元々使っていた画鋲は古すぎて錆《さ》びて折れてしまったんだろうな」

「たしかに。壁に画鋲の針《はり》だけ埋《う》まってるよ！」

男子生徒が発見して大声で報告《ほうこく》した。

「でも……でも、何のために!?」

冴子《さえこ》が夢羽《むう》に問いつめた。

夢羽《むう》は、首を傾《かし》げてみせた。

「さあ……。今日《きょう》転校してきたばかりのわたしは部外者《ぶがいしゃ》だからね。よくはわからないけど。おおよそ、掃除《そうじ》かなんかしてる時に何かの拍子《ひょうし》で汚《よご》れたんじゃないの？　でも、それをそのままにしたんじゃ自分が非難《ひなん》されるかもしれない。だから、苦肉の策《さく》で、そこに隠《かく》したんだろ」

「というと、昨日《きのう》の掃除《そうじ》当番《とうばん》か……！」

小林《こばやし》がつぶやいた。

「おらおら、昨日の掃除当番は正直に名乗り出てみな！　隠すとためにならねえぜ」

委員長の河田《かわだ》がふざけた口調で言う。

「ちょっとぉ。そういう言い方はやめなさいよっ!!」

瑠香《るか》はたしなめておいて、

「……でも、やっぱり誰《だれ》なんだかはっきりしないとすっきりしないわよね。誰だか知らないけど。早いとこ、謝《あやま》ったほうがいいと思うわ」

と、付け加えた。

……なんだ。結局、河田《かわだ》と同じこと言ってるんじゃないか！

元《げん》が思わず心の中で思いっきりツッコミを入れた時、ワッとばかりに泣き出した女子がいた。

お腹《なか》をこわしたとかで、保健室《ほけんしつ》に行った水原久美《みずはらくみ》だった。

夢羽《むう》の推理《すいり》した通り、昨日掃除《きのうそうじ》の時、汚《よご》れたモップを絵に付けてしまった。もちろん、わざとなんかじゃない。

で、思わず、歯のポスターの下に隠《かく》したのだが、それが気になって気になって、ついにはお腹まで痛《いた》くなってしまったというのだ。

「ごめんね！　どうしても正直に言えなくって……」

涙《なみだ》をハンカチでぬぐいながら久美《くみ》が言うと、瑠香《るか》が笑って言った。

「なぁーんだ。これくらいで冴《さえ》ちゃんが怒《おこ》るわけないじゃない！　ねぇ」

冴子《さえこ》はウンウンと大きくうなずいた。

「そうだよ。これくらいの汚れなら、すぐ修正《しゅうせい》できると思うし」

久美《くみ》は、「ほんと？」と、パッと顔を輝《かがや》かせて言った。

「よかったぁ！　冴《さえ》ちゃんには謝《あやま》ればすむかなと思ったんだけど、瑠香《るか》ちゃんの顔汚しちゃったじゃない？　瑠香《るか》ちゃん、怒《おこ》ると怖《こわ》いから、言えなくなっちゃって」

「あはは、わかるわかる。そうだよな。江口《えぐち》って、怒ると顔が怖いもんなぁ」

思わず元《げん》が言うと、瑠香《るか》が目を吊《つ》り上《あ》げて振《ふ》り返《かえ》った。

「な、なんですって!?」

「ほら、その顔！」

反射的《はんしゃてき》に元《げん》が指さすと、みんなゲラゲラと大爆笑《だいばくしょう》。

ちょうどその時、プー先生がのっそり現《あらわ》れ、大声で言った。

「何をやってるんだ？　自習ってのは、各自で勉強する時間だぞ！　ほら、席にもどったもどった!!」

8

席にもどりかけた瑠香《るか》が振り返り、夢羽《むう》に言った。

「一応《いちおう》……言っておく。ありがと」

夢羽《むう》は黙《だま》ったまま、瑠香《るか》を見た。

瑠香《るか》は、決まり悪そうな顔で笑った。

「同じクラス内で犯人探《はんにんさが》しなんて嫌《いや》だもん。こんな問題、いつまでもひきずりたくなかったし。早く解決《かいけつ》してよかった。すごいね。見直したよ」

元《げん》は隣《となり》で口笛でも吹《ふ》きたい気分だった。

すごい。

気が強い瑠香《るか》を一発でまいらせた夢羽《むう》もすごいが、こうしていいところはいいと、潔《いさぎよ》く認《みと》める瑠香《るか》も大したもんだ。

一時はどうなるかと気をもんだが、もう問題なさそうだ。

女の友情《ゆうじょう》か……。

うんうん、それもいいじゃないか。

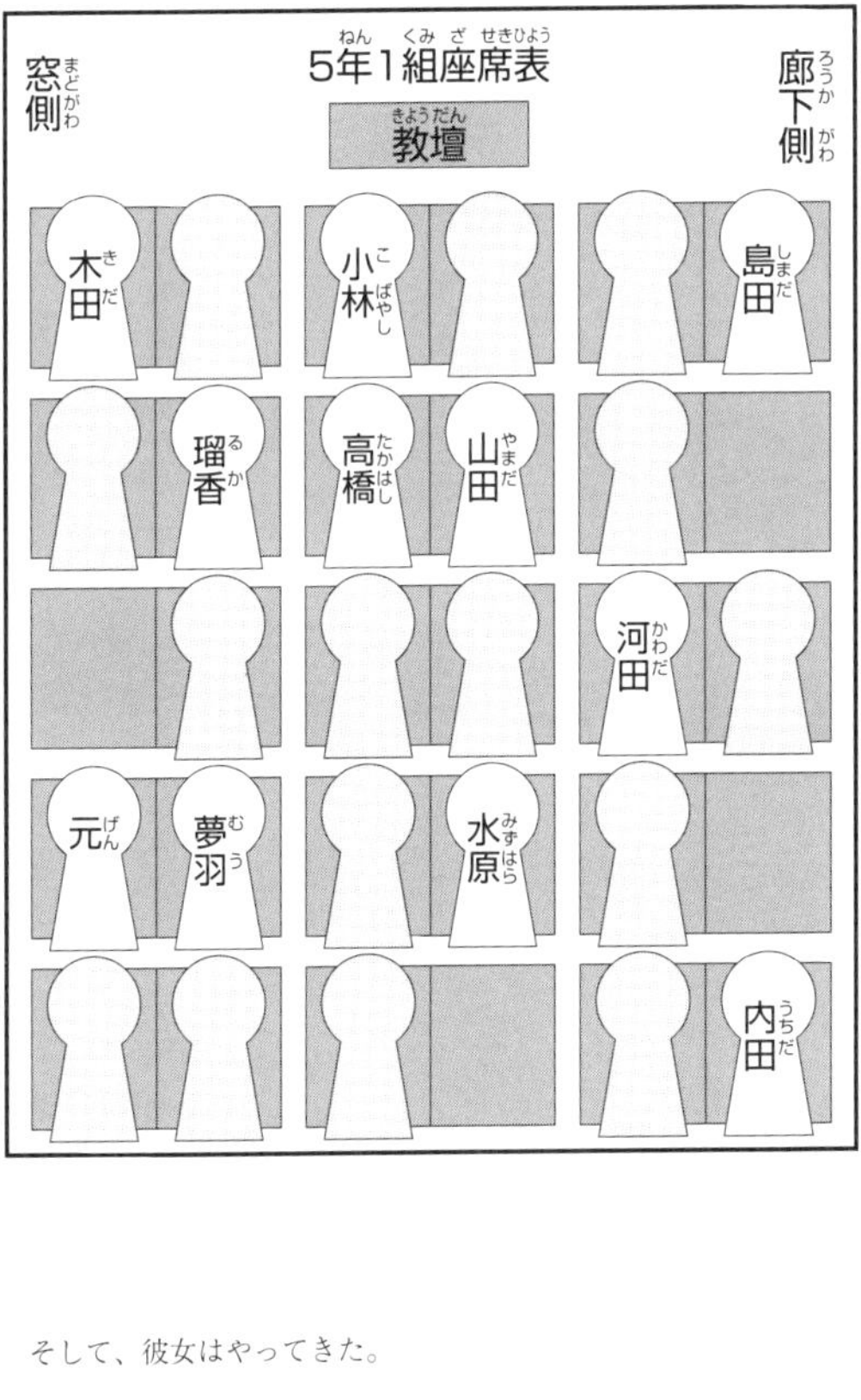

最初に反発し合った同士、きっとすごくいい友達《ともだち》になれるんじゃないかな。

オレはあたたかく見守っていよう。

……と、勝手にニコニコと見守っていたのだが。

夢羽《むう》はフンと鼻で笑った。

「別に。お礼なんて言われても困《こま》るだけだ。ただうるさくて眠《ねむ》れなかったってだけだし」

そのなんともかわいげのない言い方。

あまりのことに、口を開いたままワナワナしている瑠香《るか》のことなど目もくれず、今度は隣《となり》でニコニコしていた元《げん》をにらみつけた。

「なんだよ。何、見てるんだ。気持ち悪い」

その時、通りかかったバカ田トリオがはやしたてた。

「やーいやーい！　嫌《きら》われた」

「おまえも転校生なら転校生らしくおとなしくしろよな」

「そうだそうだ。目立ちすぎだぞ！」

そのとたん、「うわああ！」と大きな悲鳴をあげ、三人とも派手《はで》に転んでしまった。

瑠香《るか》が足をひっかけて転ばせたのだ。

三人、腰をさすりながら起き上がろうとして、お互《たが》いの足がジャマになって、またひっくり返ってもがいているのを見下ろしながら、瑠香《るか》は机《つくえ》をドンとこぶしで叩《たた》いた。

「ええい！　頭にくる!!」

完璧《かんぺき》に八つ当たりだ。

元《げん》は天を仰《あお》ぎ、ついでに隣《となり》の夢羽《むう》を盗《ぬす》み見《み》た。

しかし、なんということだ。

彼女《かのじょ》はもう涼《すず》しい顔をして、またまたこっくりこっくり居眠《いねむ》りを始めているではないか。

きれいな横顔を見つめながら、新たな疑問《ぎもん》がムクムクと湧《わ》いてくる。

いったいぜんたい。

なぜそんなに眠いんだろう？

夜、ちゃんと寝《ね》てないんじゃないか!?

新たな波乱《はらん》を予感させるように、窓《まど》の外では春の嵐《あらし》が吹《ふ》きまくり、銀杏《いちょう》の若葉《わかば》をはためかせていたのである。

おわり

視《し》線《せん》のゆくえ

1

「ちょっとぉ。信号、とっくに変わってるわよ!」

いきなり背中《せなか》をどつかれ、元《げん》は口からアメをポロッと落としてしまった。

アスファルトの上に転がったエメラルド色の透明《とうめい》なアメ玉。午後の日差しを浴び、キラキラとまるで宝石《ほうせき》のように輝《かがや》いている。

「わ、きったない!」

「き、汚《きたな》いって……あのなぁ」

文句《もんく》を言おうと口をとがらせるが、相手が悪い。

クルリンカールの瑠香《るか》だからだ。

それに、たしかに信号はとっくに青に変わっていた。

マウンテンバイクタイプの自転車のペダルをこぎ、道路を渡《わた》ろうと思ったら、信号が点滅《てんめつ》し始めた。急いで渡ると瑠香《るか》も走ってやってきた。

「じゃあな」

手を挙げて行こうとしたら、案の定、背《せ》中《なか》のリュックをグイとつかまれてしまった。

キイイッ!

ブレーキ音が響《ひび》く。

「んだよ。あぶねえなあ!!」

頬《ほお》をふくらませて振《ふ》り返《かえ》る。

瑠香《るか》はにっこり笑って手を差し出した。

「あ?」

見《み》れば、その手のひらにイチゴミルクのキャンデーがひとつ、ちょこんとのっかっている。

そっか。さっきのを弁償《べんしょう》しようっていうのか。かわいいとこあるじゃん。

「さんきゅ」

つまみあげようとしたのに、彼女《かのじょ》はその一瞬《いっしゅん》前にギュッと手を握《にぎ》り、後ろ手に隠《かく》してしまった。

「なんなんだよ!!」

「あげるから、質問《しつもん》に答えなさい！」

ブルーのジーンズに花柄《はながら》プリントの生地《きじ》を組み合わせたミニスカート、おそろいの花《はな》柄《がら》プリントのアップリケをした長袖《ながそで》Ｔ《ティー》シャツに、赤のハイソックス。

いったい何着服を持ってるのかと思うほど、いろんな格好《かっこう》をしている瑠香《るか》を見つめ、元《げん》は首をひねった。

「はあぁ??」

「元《げん》くん、今、どこに行こうとしてたの？」

「え??」

喉《のど》がごくりと鳴る。

今、まさに行こうと思っていたのは……銀杏《いちょう》が丘市《おかし》でも有名な幽霊屋敷《ゆうれいやしき》こと、ほぼ廃《はい》墟《きょ》と化しているはずの洋館なのだから。

というのも、そこに例の謎《なぞ》の転校生《てんこうせい》、夢羽《むう》が住んでいるという噂《うわさ》を今日《きょう》聞いたばかりだったからだ。噂の出所はおっちょこちょいのバカ田トリオ、河田《かわだ》、山田《やまだ》、島田《しまだ》たち。ま、だから信憑性《しんぴょうせい》は限《かぎ》りなく薄《うす》いのだが、興味《きょうみ》はある。

とりあえず暇《ひま》だし、行ってみようかなと。

でも、正直ひとりで行くのは怖《こわ》い。元《げん》はこう見えて、けっこう幽霊《ゆうれい》を信じてたりするほうだし、小さい頃《ころ》、その幽霊屋敷《ゆうれいやしき》にひとりで行くという肝試《きもだめ》しがあって、途中《とちゅう》で何もかも放り出したまま逃《に》げ帰《かえ》ったという恥《は》ずかしい経験《けいけん》もある。

それに、本当に夢羽《むう》が住んでいたとして、彼女《かのじょ》に見つかってしまったらどうしよう?

なんていうことをいろいろ考えながら信号待ちをしていたので、青になったのに気づかなかった。そこを運悪く瑠香《るか》に見つかってしまったというわけだ。

それにしても、こいつ、なんて察しがいいんだろう。

いや、だいたい女っていうのは妙《みょう》に鋭《するど》いところがあるよな。母親とかも、元《げん》が嘘《うそ》をついたりすると、すぐ見破《みやぶ》る。あれこそ超能力《ちょうのうりょく》だとしか思えない。

「べ、別に。どこでもいいだろ！　いらねえよ、そんなアメ」

口をとがらせて言うと、瑠香《るか》はなおも疑《うたが》わしそうな目つきで見ていたが、やがてあきらめたらしい。ふんふんとうなずきつつ、

「まぁいいわ。あげるわよ！　これ、新発売でおいしいの」

と、キャンデーを元《げん》に押《お》しつけた。

ほぉーっと安心のため息をつく元《げん》を残し、反対方向へと歩いていったのである。

きれいなカールをゆらしながら。

「ちぇっ！」

元《げん》はキャンデーの袋《ふくろ》をむしり取ると、口に放りこんだ。

たちまちミルクとイチゴの甘酸《あまず》っぱい香《かお》りが広がる。

ん、たしかにうまいな。

元《げん》は野球帽《やきゅうぼう》をかぶりなおし、自転車のペダルをこぎ始めた。

2

元《げん》が住む銀杏《いちょう》が丘《おか》は、都心から電車で三十分ほど離《はな》れた典型的な郊外《こうがい》の町である。人口は約八万人。

特急は停まらないが、急行は停まる。そんな規模《きぼ》の町。

古い町で、問題の洋館以外にもあちこちに古い建物が残っている。

駅前には、スーパーだの銀行だのがあり、銀杏《いちょう》が丘銀座《おかぎんざ》という古くからの商店街があったりする。通称《つうしょう》、ギンギン商店街《しょうてんがい》。

駅近くにも小学校があるが、元《げん》たちが通う銀杏《いちょう》が丘《おか》第一小学校は、駅から徒歩十分ほど離《はな》れたところにあった。

すぐ隣《となり》には、銀杏《いちょう》が丘《おか》第一中学校が建っている。

ふたつの学校の周りには名前通りに銀杏が並《なら》び立《た》ち、扇子《せんす》のような葉っぱを茂《しげ》らせ、いっせいにゆらしていた。

咲間川《さくまがわ》という川がすぐ脇《わき》を流れているが、その両脇には桜《さくら》の木が並んでいた。

今はすでに葉桜《はざくら》になっているが、ちょっと前までは満開の桜《さくら》で、川面《かわも》にも桜の花びらがいっぱい流れ、それはそれは見事な眺《なが》めだった。

元《げん》の家は、駅からまっすぐギンギン商店街《しょうてんがい》を抜《ぬ》け、小学校のほうに歩いていった先、住宅街《じゅうたくがい》にさしかかったあたり。

小さな二階建ての家で、近所にも同じような家が立ち並《なら》んでいる。

川沿《かわぞ》いの道をまっすぐ行った先に、「愛子が淵」と書いて、「あやしがふち」と読む大きな池がある。その池を中心に造《つく》られた大きな公園、その手前に、目的の洋館はあった。

公園の反対側には、エリーゼ女子大《じょしだい》という私立大学《しりつだいがく》のキャンパスがある。そのあたりはちょっとした小高い丘《おか》になっていて、洋館は大学と公園の中間に位置し、それぞれを見下ろすように建っているのだ。

だんだんと坂道になっていく。

元《げん》は立ちこぎになって、顔を上気させ、ハッハッと息を切らし始めた。

こんもりとした公園の森。

見上げるほどのモミの木……飾《かざ》りのないクリスマスツリーみたいな木の陰《かげ》に、洋館がこつ然と姿《すがた》を現《あらわ》した。

自転車を降《お》り、ゆっくりあたりを歩いてみる。

レンガの塀《へい》にはツタが生《お》い茂《しげ》っていて、所々壊《こわ》れている。

その壊れたところから中をのぞいてみると、荒《あ》れ放題《ほうだい》になった庭が見えた。

ボウボウに生えた雑草《ざっそう》の合間には種々雑多なものが落ちている。

何かの欠片《かけら》。ひっくり返った植木鉢《うえきばち》。なぜか片方《かたほう》だけの小さな運動靴《うんどうぐつ》。何のためのものかわからない黄色い棒《ぼう》。原形をとどめていない青っぽい服……。

以前、ここに住んでいた人のものなのか、あるいは風で飛んできたものなのか。

洋館のほうもレンガでできていた。

二階建てだが、屋根の上に煙突《えんとつ》と小さな天窓《てんまど》が見える。たぶん、天井裏《てんじょううら》にも部屋《へや》があるんだろう。

ペンキが剝《は》げてボロボロになった窓枠《まどわく》は、たぶん……クリーム色だったのかもしれない。

ガラス窓《まど》が風でカタカタと鳴って、青空を映《うつ》している。

そう。

今日《きょう》はいい天気。雲ひとつない日本晴れだ。

これで風がなければいいのだが、今日もびゅうびゅう吹《ふ》いている。

レンガ塀《べい》の壊《こわ》れたところに頭を突《つ》っこめば玄関《げんかん》のほうまで見える。玄関には、三角形の屋根がついていて、外階段《そとかいだん》もあった。

こんなにボロボロでなければ、かなりかっこいい洋館だろうに。

元々はフランス人の画家が住んでいたという噂《うわさ》だが、オランダ人の貿易商《ぼうえきしょう》だという噂もあって、結局はよくわかってない。

その後、何人か住んだそうだが、ここ十年くらいは誰《だれ》も住んでいないはずだ。

それが証拠《しょうこ》に、元《げん》が小さい頃《ころ》、肝試《きもだめ》しに来た時も、今と大して違《ちが》いがないほど荒《あ》れ果《は》てていたから。

そういえば、そのフランス人の画家の娘《むすめ》が日本の若《わか》い男とかけおちをし、たったひとり残された画家が寂《さび》しさのあまり首つり自殺をしたそうで。だから、今でも室内は油絵の具の臭《にお》いがするし、窓《まど》ガラスに恨《うら》みがましい目をした外国人が映《うつ》っていたという噂を肝試《きもだめ》しの時に聞いた覚えがある。

ごうごうと木をゆらす風の音とカタカタいう窓《まど》ガラスの音。

聞こえてくるのは、それだけだ。

いい天気だというのに、なんだか冷《ひ》や汗《あせ》で手のひらがじっとり汗ばんでくる。

それに、やっぱり誰《だれ》も住んでいる気配なんかないじゃないか！

あのバカ田トリオの話はデマだったんだな。

あんなやつらの言うことを信じた自分がバカだった。

「あーああ、ばかくさっ！」

怖《こわ》くなってきたこともあって、わざと大きな声でひとり言を言ってみたりして。その場を立ち去ろうと自転車に乗った時だった。

突然《とつぜん》、壊《こわ》れたレンガ塀《べい》の上に、何か大きな顔がにゅーっと出た。

逆光《ぎゃっこう》だからよくわからない。

ピンと立った大きな耳、猫《ねこ》にしては異常《いじょう》なほど大きなその体。

びっくりして凍《こお》り付《つ》いている元《げん》をギラギラ光る目でにらみつけていたかと思うと、その塊《かたまり》はいきなり襲《おそ》いかかってきた!!

ガチャン、ドタ、ガタン!!

自転車と元《げん》がひっくり返る音。

「ぎゃ―――!!」

恥《は》ずかしくも、彼《かれ》があげた悲鳴。

「ハァアアアア!!」

謎《なぞ》の生き物があげた威嚇《いかく》の声。

いろんな音で、今までの静寂《せいじゃく》は破《やぶ》られまくった。

大げさでなく、目を回して気絶《きぜつ》しそうになった元《げん》の後ろから声がかかった。

「こんなところで何してるんだ?」

聞いたことのある声。

決して大きくないのに、妙《みょう》によく通る印象的な声だ。

ハッとして振《ふ》り返《かえ》ると、思った通り夢羽《むう》が立っていた。

水ではなく風の洗濯機《せんたくき》というものがあるとしたら、たった今までその洗濯機に頭を突《つ》っこんでましたというようなヘアスタイル。

いつもの紺色《こんいろ》のブカブカジャンパー。ジーンズのポケットに両手を突《つ》っこんで。

実にシニカルな表情《ひょうじょう》で、自転車といっしょに地面に倒《たお》れている元《げん》を見下ろしていたのだった。

3

「あ、茜崎《あかねざき》！　い、いや……そ、その。な、なんて言うか……」

さっさと起き上がろうとするのだが、自転車がジャマになってうまくいかない。

「ほら」

さっと差し出された手。

思わずカーッと顔が熱くなる。

そうなのだ。

な、な、なんと!!

倒《たお》れた元《げん》を起こすために、夢羽《むう》が手を差し出してくれたのだ。

手なんか握《にぎ》っちゃっていいわけ？

いいんだろうな。

いや、しかし……。

赤くなったまま困《こま》っていると、夢羽《むう》はヒョイと肩《かた》をすくめた。

「ま、それじゃ……」

と、行ってしまいそうになる。

あわてまくって、元《げん》が「あっ！」と叫《さけ》ぶ。

「なんだ？」

と、再《ふたた》び見下ろす夢羽《むう》。

「ご、ごめん。せっかく……その……えっと」

わけのわからないことを口ごもりながら、やっとのことで立ち上がり、自転車も起こすことができた。

夢羽《むう》はじぃぃ――っと元《げん》を見つめていた。

あんまり長い間見つめられていたので、またまたドギマギした。

何せ本当にきれいに整ったお人形みたいな顔なのだ。

そうとう変わってるし、言動もかわいくないし、格好《かっこう》にもかまわないし、髪《かみ》もボサボサだけど。でも、すべてを打ち消してあまりあるほどかわいいのだ。

しかも、頭もいい。

その夢羽《むう》に見つめられ、ドキドキしない男はいないだろう。

別に彼女《かのじょ》のことが好きとか、そういうんじゃなくても。っていうか、事実そういうんじゃないんだけどさ。

赤くなりながら元《げん》は思った。

いや、違《ちが》う。

もしかして、彼女は怒《おこ》ってるんじゃないだろうか。

こんなところまで来て、洋館の中をうかがっていたんだから。

やっぱりここに引《ひ》っ越《こ》してきていたとして、その自分ちをストーカーのようにのぞきこまれればいい気持ちはしないだろう。

大きいとはいえ、こんな荒《あ》れ放題《ほうだい》の家のなかを。

それに。

ここが一番問題なんだけど。

いくら一風変わってるからとはいえ、彼女《かのじょ》は女の子なのだ。

しかも、同じクラスの。

その子の家をしげしげと男のオレが見ているだなんて。

うー……。

なんと思われてもしかたない。

そ、そういや、さっき……。つい「茜崎《あかねざき》」なんて呼《よ》び捨《す》てにしてしまったけど。それ、怒《おこ》ってるのかも。なれなれしいやつだって。

うげげげ。

元《げん》は、もう真《ま》っ青《さお》。

つまり顔色が赤から青に変化したわけだ。

まるでさっきの信号機と同じように。

4

「ご、ごめん。あ、あの。別に茜崎《あかねざき》んち……い、いや、えっと茜崎《あかねざき》さんを見に来たわけじゃなくって……えっと、見に来たっていうか、確《たし》かめに来たっていうか。ご、ごめん。ここ、前から有名だったからさ。幽霊屋敷《ゆうれいやしき》って……あ、あわわわ！　ち、違《ちが》う。えーっと!!」

もう赤くなったり青くなったりしながら、元《げん》はしどろもどろに弁解《べんかい》を始めた。

しかし、夢羽《むう》の顔色はひとつも変わらない。

相変わらず眉《まゆ》も動かさずにジッと見つめているだけだ。

ううう……。

泣きたいよ、もう。いや、もちろん泣いたりはしないんだけどさ。男なんだし。

などと、頭のなかはしっちゃかめっちゃかになっていたのだが。

「ん、んん⁇」

……なんだか彼女《かのじょ》が自分を通《とお》り越《こ》して、その先を見つめているような気がしてきた。

振《ふ》り返《かえ》る。

「おろ？」

やっぱりそうだった！

彼女《かのじょ》が見つめていたのは、道路の脇《わき》に突《つ》っ立《た》っている道路《どうろ》標識《ひょうしき》。

青地で五角形。人が横向きに歩いているマークなんだけど……。

「あれ？　顔にいたずらしてある」

目をこらしながら元《げん》が言うと、夢《む》羽《う》は標識に近寄《ちかよ》って行った。

「こんなの、前からしてあった？」

「さ、さぁ……知らない。っていうか、この辺来ないし、ふだんは」

じゃあ、なんで今は来ているのかと聞かれると困《こま》るんだが、夢《む》羽《う》の興味《きょうみ》はもっぱら標識のいたずらにあるようだった。

「でも、これ。ごていねいにシール貼《は》ってる」

「あ、ほんとだ」

そうなのだ。

マークの顔の部分。そこにとぼけたおじさんの顔のシールが貼《は》ってあったのだ。ツンツン、おったった髪《かみ》にギョロッとした目玉。ニカニカと開けて笑っている口。みそっ歯のコミカルな顔。

最近は、銀杏《いちょう》が丘《おか》もあちこちにこういう落書きがされるようになってきていて。元《げん》の親も苦情《くじょう》を言っている。消しても消してもらちがあかない。きれいに消していると、まるで彼《かれ》らのために新しいキャンバスを用意しているような気がすると。

「ところで……茜崎《あかねざき》さん、やっぱりこの家に住んでるの？」

と、質問《しつもん》してみたが、答えは返ってこ

なかった。

無視《むし》されたのではなく、聞こえてなかったのだ。

彼女《かのじょ》は無言のままとっとと道を歩いていってしまった。

「ちょ、ちょっと……」

あわてて自転車に乗り、追いかける。

角を曲がったところで、キィッと急ブレーキをかけて停めた。

そこに夢羽《むう》が立っていたからだ。

彼女はまた同じような道路《どうろ》標識《ひょうしき》を見ていた。

今度のは丸い青の標識で、大人《おとな》と子供《こども》が歩いているマークだったが、なんとその顔にも同じシールが貼《は》ってあった。大人にも子供にも。

「茜崎《あかねざき》さん……」

元《げん》が呼《よ》びかけると、夢羽《むう》は無《む》表情《ひょうじょう》のまま彼《かれ》を見た。

「この顔のシール、何か意味があるのかもしれない。いつから貼ってあったのか知らないけど」

これにはさすがに吹《ふ》き出《だ》してしまった。

「まさか。ただのいたずらだよ。こんなの、町のあちこちにあるじゃん」

ま、描《か》いた本人に言わせれば、これだって立派《りっぱ》な芸術《げいじゅつ》だとかってことになるのかもしれないが。元《げん》から見ればただの自己《じこ》満足《まんぞく》、ただの近所迷惑《きんじょめいわく》なだけだ。

「でも、これはけっこういけてるね。おもしろいもん」

そう言って笑っていると、夢羽《むう》は首をひねりながら次の標識《ひょうしき》を目指して歩き出した。

今まで気づかなかったが、こういう歩行者が描《えが》かれた道路《どうろ》標識《ひょうしき》はけっこう町のあちこちにあるようだった。

「おっもしれぇ！　こんなの、今まで気がつかなかった。銀杏《いちょう》が丘《おか》全部の標識に貼《は》ってあったりしてな」

からかい半分でそう言うと、夢羽《むう》は眉《まゆ》ひとつ動かさず、

「本当にそうかもしれない」

と、言った。

「うっそ。まさかだろお？」

だんだんと興味《きょうみ》が湧《わ》いてくる。

こんなたわいもないいたずらでも、これだけ手がこんでいるとワクワクしてくる。

「あ、あっちにも標識《ひょうしき》あるぜ」

公園のほうとは反対方向の歩道にあった標識を元《げん》が指したが、夢羽《むう》は首を左右に振《ふ》った。

「いや、次はこっちだ」

彼女《かのじょ》はそう言うと、スタスタ道路を横切り、川沿《かわぞ》いの道へと歩いていった。

「な、なんで⁇」

クエスチョンマークでいっぱいの顔《かお》。元《げん》は自転車のペダルに片足《かたあし》を引っかけ、押《お》しがけしながら夢羽《むう》の後を追いかけた。

すごいスピードだ。

あんなに小柄《こがら》なのに、まったく。舌《した》をまく。

やっと追いついた先。標識を見る夢羽《むう》の後ろから同じように標識を見ながら元《げん》が聞いた。

「変わってないと思うけど？　さっきのと。なんで、あっちじゃなくてこっちなんだよ」

夢羽《むう》はきっぱり言った。

「目だよ」

「目？」

ギョロッとした愛嬌《あいきょう》のある目玉。それの何が問題なんだ？

わからないまま首を傾《かし》げ、後ろ頭をしきりにかいている元《げん》を夢羽《むう》が振《ふ》り返《かえ》った。

「視線《しせん》。目玉の向きというのかな。それが違《ちが》ってる」

5

川沿《かわぞ》いの道を下っていく……。

時々車は通るが、歩道がちゃんとあるから危《あぶ》なくはない。

桜《さくら》の若葉《わかば》の間からきれいな青空がのぞく。

どこかに遅咲《おそざ》きの八重桜《やえざくら》があるようで。風が吹《ふ》くたびに薄《うす》ピンク色の花びらが春風に乗ってやってきて、くるくると陽気に舞《ま》い踊《おど》る。

川面《かわも》にも、その花びらがチラホラ落ちてのんきそうに流れていく。

その道をふたりは歩いていった。おどけた顔が貼《は》ってある道路《どうろ》標識《ひょうしき》をたどって。

例の落書きのシール。

とぼけたおじさんの顔の目。これの目玉の向きが違うと彼女《かのじょ》は言うのだ。

その目玉が指《さ》し示《しめ》す向きに進んで行くと、何かがあるのか、あるいは何もないのか。

それは夢羽《むう》だってわかってないはずだ。

だけど、むちゃくちゃワクワクするじゃないか！

元《げん》は平静をよそおいながら、どうしても笑い出してしまうのをこらえられなかった。

とはいえ、結局はどうせ誰《だれ》かヒマ人のいたずらでしたってことなんだろうけど。こうして夢羽《むう》と春の町を散歩することになるなんて。

うん、悪くない。

だんぜん、悪くない。

「どこまで続いてるんだろうね。やっぱ学校かな？」と聞いてみる。

また返事をもらえないかと思っていたが、案の定、彼女《かのじょ》は一度首をひねってみせただけ。

それが返事らしい。

夢羽《むう》は口を結んだまま目を細め、晴天の空をまぶしそうに見ながら歩いていた。鳥の巣のようなくしゃくしゃの長い髪《かみ》に桃色の花びらがくっついている。

彼女が転校してきてから約十日がたつ。なのに、隣《となり》の席の元《げん》とも、会話らしい会話をほとんどしたことがない。

必要最低限《さいていげん》のことしか口にしたくないんだという態度《たいど》だった。まるで、それ以上はエネルギーの無駄《むだ》だとでも言わんばかりに。

それが瑠香《るか》たち、女子にはおもしろくないらしい。

男子のほうはさほど気にしていないのだが、女子たちは寄《よ》るとさわると、「なまいきだよね」とか「感じ悪いよね」とか噂《うわさ》し合《あ》っているようだった。

なくなった絵の謎《なぞ》を解《と》いた時は、瑠香《るか》もみんなも感心したことはしたのだが……。その感動もすでに風化してしまった感がある。

そういうのはそんなに続かないものだ。
しばらくして、学校の前に到着《とうちゃく》した。
早速《さっそく》子供《こども》がふたり並《なら》んで歩いている標識《ひょうしき》を見つけた。
ふたりともおじさんの顔だった。
おじさん顔の小学生が手をつないで歩いている図というのは実に奇《き》妙《みょう》だ。
ふたりとも目が左を向いていた。
小学校の前の道を左に行くと中学校があるのだが、やはりまた同じマークがあった。
「この犯人《はんにん》は、そうとうヒマ人なんだな」

ずっと黙《だま》って歩いているのもなんなので、時々元《げん》が話しかける。

もちろん答えは返ってこない。

たしかに気分がいいもんじゃないけど。ま、彼女《かのじょ》ならしかたないなと思わせるところもあったりする。

きっとその辺がまた女子たちにはかんにさわるんだろうな。

なんて思いながらながめていたら、近所で遊んでいた幼稚園児《ようちえんじ》くらいの女の子たちが興味津々《きょうみしんしん》という顔で元《げん》と夢羽《むう》に声をかけてきた。

「ねぇ、その落書き、他《ほか》にもあるんだよ！」

「あっちも‼」

「駅《えき》のほうもあるんだよ。さっちゃん、見つけたの」

むじゃきに話しかけてきたが、夢羽《むう》が振《ふ》り向《む》くと少しおびえたような目になってお互《たが》い顔を見合わせた。

ま、そりゃそうだよな。

同い年でも迫力《はくりょく》ありすぎておびえてるやつだっているんだから、まして幼稚園児に

は……と思ってたら、驚《おどろ》いたことに夢羽《むう》がにっこり微笑《ほほえ》んだ。しかも、

「そう。ありがとう。よく見つけたね」

なんて言うじゃないか。

ぶすっとしてても美人だけど、こうして笑うと最高にかわいい。

彼女《かのじょ》の周りだけ花が咲《さ》いたような……って、それは大げさかもしれないが、ま、そんな感じだ。

それにしても、幼稚園児《ようちえんじ》たちはこの落書きのこと知ってたんだ……！

彼女たちは夢羽《むう》に笑いかけてもらったもんだからすっかり喜んでいた。

やれやれ。

その後も、「あっちにある！」「こっちにも！」と、しばらくくっついてきた。

やっと「じゃあねー！」と帰っていった後、線路際《せんろぎわ》の国道に出た。

このあたりになると交通量も多いし人通りも激《はげ》しい。

押《お》して歩いている自転車がだんだんとジャマになってくる。

で、問題の道路《どうろ》標識《ひょうしき》だけど、相変わらずあるのだ。

学校の周りの標識《ひょうしき》とは若干違《じゃっかんちが》って、歩行者横断禁止《おうだんきんし》の標識やら横断歩道の標識やら。ふだん気にもしてないから存在《そんざい》すら気づかなかったけど、けっこうあるもんなんだなあ。

感心しながら薬局の角を曲がる。

そうそう。最近は、この辺もやたらと大きな薬屋というかドラッグストアが増《ふ》えた。こんなに薬屋ばかりあってどうするんだろう？　そんなにみんな薬買うの？　なんて思ってしまう。

それに、この薬局は元《げん》が子供《こども》の頃《ころ》からあるような地元の店だが、最近増えてきたドラッグストアは大手のチェーン店ばかり。地元の薬屋にとっては迷惑《めいわく》な話、というか死活問題的に迷惑な話なんだろうな。

ギンギン商店街《しょうてんがい》の入り口を左に見ながら国道を渡《わた》り、ついに駅も越《こ》えて……またもや住宅街《じゅうたくがい》へ。

なんだけど。おいおい、嘘《うそ》だろお？　って思うほど、このイタズラは続いている。いっこうに終わる気配がない。マジに町中貼《は》ってあるんじゃ？

……と、その時、おなじみのメロディが町中に流れ始めた。

物心ついた頃《ころ》からずっと聞いているのだが、なんという題名なのか知らない。カラスが鳴くから帰ろうというあまり説得力のない歌で、子供《こども》たちに五時だぞと告げてくれる。

でも、この曲が流れ始めると、ふつうの小学生は条件反射《じょうけんはんしゃ》のようにそわそわし始める。何か特別な用事でもない限り、帰らなければ母親がうるさいからだ。

元《げん》も例外ではない。

まぁ、日も長くなってきたし、今日《きょう》あたり六時とかに帰ってもいいんだけど……彼女《かのじょ》はどうなんだろう？　女の子だし、そういうわけにはいかないのかな。

そうだ。そういえば……あの洋館が彼女の家なのかどうか、それも結局わかってない。

6

「あ、あのさ」

足を止め、呼《よ》びかけてみた。

そうしないと、また無視《むし》されてしまうかと思ったからだ。

彼女《かのじょ》は立ち止まり、振《ふ》り返《かえ》ってくれた。

「茜崎《あかねざき》さんちって……どこ？　ほらさ。もう五時だし。近くならいいけど、遠いんだったらそろそろ帰ったほうがいいかもって。なんだったら、この続きはまたあしたやればいいし。……オレんちは学校のほうなんだけど」

口ごもりながらそう言うと、彼女はいとも簡単《かんたん》に言った。

「わたしの家？　最初に君がひっくり返ってたところにある家だよ」

「うそ。本当に!?　あの幽霊《ゆうれい》……い、いや、えっとあのお屋敷《やしき》!?」

またまた失言してしまいそうになり、元《げん》は必死に取りつくろった。

そして、この時、そういえば……と思い出したことがあった。

「あのさ。あの家のとこで茜崎《あかねざき》さんに会った時さ。すっごく大きな動物を見たんだけど、知らない？」

そうだそうだ、そうだった。

その謎《なぞ》の生き物が急に襲《おそ》いかかってきたもんだから、自転車ごとひっくり返ったんだった。

　今まですっかり忘《わす》れてた。猫《ねこ》にしては、あまりにも大きいもんな。まさかピューマとか豹《ひょう》とかじゃあるまいし。いったいなんなんだろう？

　夢羽《むう》は口をつぐんだまま何か考え事をしているようすだったが、元《げん》の質問《しつもん》について思いを巡《めぐ》らせているのではなかった。

　やっぱりこの落書きのことが気になるんだろうなと思い、

「わかった。じゃあ、やっぱりゴールがどこか、最後まで調べてみようか。オレも気になるしさ」

　と元《げん》が言うと、彼女《かのじょ》は「え？」という顔で指をクイッと曲げてみせた。

「どうやらここがゴールらしいよ」

「え、えええ!?」

　彼女といると驚《おどろ》かされてばかりだ。

　それでも、まったくなれない。

　元《げん》は大声をあげ、目をまん丸にして彼女が指さす先の道路《どうろ》標識《ひょうしき》を見た。

例のおとぼけな顔のおじさん。

彼《かれ》の目が両方、内側を向いていた。……つまり、寄り目《よりめ》になっていたというわけ。

たしかに、これじゃ次にどっちに行っていいかわからないし、これまでたくさん見てきたが、こんなのは初めてだった。

「ゴールって……なんなんだろう⁉　なんかあるの？」

元《げん》はその標識《ひょうしき》のあちこちを調べてみた。裏《うら》のほうまで。

でも、別に何もない。何の変哲《へんてつ》もない、ただの落書きがされた標識なだけ。

「なんだ。結局なんだったかわからないな」

そう言うと、夢羽《むう》はその標識の後ろに建っている一軒家《いっけんや》を見上げながら首をすくめた。

元《げん》も同じように見てみる。

「その家が何か？」

と聞いてみたが、答えはない。

まぁなぁ。

『猪之原《いのはら》』という表札のかかったその家。ベージュの壁《かべ》に青っぽい屋根の……ごくふつうの家だし、とりたてて目をひく何かがあるわけでもない。

そういや、さっき角っこにあった『イノハラ薬局』と関係あるのかな。変わった名字だし。親戚《しんせき》かも。

元《げん》はぼんやりとそう思った。

「ま、ただのお遊びだったんだね、やっぱ」

元《げん》がそう言うと、夢羽《むう》はクルッときびすを返し、来た道をもどり始めた。

ちぇ、うなずくくらいしたってよさそうなもんだろうに。

あわてて追いかけようとして、やっぱりやめた。

自分は自転車なんだし、まだまだ日も高くて明るい。別に家まで送ってってあげなくても平気のようだ。

元《げん》は自転車に乗った。

家まで送ってあげる……なんて、まるで中学生とか高校生みたいだし。それに、なぜだかふたりで歩いているのが急に恥《は》ずかしくなってきたからだ。

だいたいここまでついてきたのだって、いっしょに行こうとか、来てほしいとかそういう話はいっさいなかったわけで。つまり、元《げん》が勝手につきまとっているように思われてもしかたない。

チャッと夢羽《むう》の斜《なな》め前《まえ》まで行って停まり、

「じゃあ、そうゆうことで。おれ、チャリだから先に行く。またあしたな」

と、言った。

気をつけて帰れよと声をかけようかなと一瞬《いっしゅん》思ったが、それもなんだか気恥ずかしいのでやめておいた。

どうせ返事なんか期待できないんだし。

……と、自転車を走らせかけた時、

「杉下《すぎした》くん」

と、声をかけられた。

キイッとブレーキをきかせ、あわてて停める。

呼《よ》び止《と》められたくらいで、そのあわてようはないだろってくらいに。

その上、顔が自然と赤くなってしまって、それがまたすごく困《こま》る。

ため息というより、一度軽く深呼吸《しんこきゅう》してから振《ふ》り返《かえ》ると、夢羽《むう》がさっきの場所に立ったままこっちを見ていた。

何事だろう？

ドキドキしながら待っていると、彼女《かのじょ》は仏頂面《ぶっちょうづら》のまま言った。

「『茜崎《あかねざき》』でいいよ」

「え？」

彼女《かのじょ》が何を言おうとしているのか、元《げん》には最初よくわからなかった。

鳩《はと》が豆鉄砲《まめでっぽう》でもくらったような……という表現《ひょうげん》がぴったりの顔で、しばらくポケランとしていたが、やっと思い当たった。

今日《きょう》、さっき。あの屋敷《やしき》の前で会った時に、ついつい呼《よ》び捨《す》てにしてしまって、その後焦《あせ》りまくってわざとらしくさん付けにしたことを言ってるんだ。

「じ、じゃあ、オレのことも……『元《げん》』でいいよ。みんなそう呼《よ》ぶし」

うれしくなってそう言うと、夢羽《むう》は一度だけうなずいてくれた。

またまた気まずい空気がほんの少しふたりの間にただよい始める。

元《げん》は、その空気を吹《ふ》き飛《と》ばすような勢《いきお》いで、

「じゃ！　茜崎《あかねざき》。気をつけて帰れよ！」

と早口で言って、後はもう一直線。振《ふ》り返《かえ》りもせず自転車を走らせたのだった。

7

その夜のことだ。

母の春江《はるえ》と八歳《はっさい》になる妹の亜紀《あき》と三人で夕飯をとり、宿題はすませたのかとうるさく聞く春江《はるえ》に軽く口答えしたり、亜紀《あき》にちょっかいを出して泣かせたりしている最中に、父の英助《えいすけ》が帰宅《きたく》した。

彼《かれ》は玄関《げんかん》から、みんなのいるリビング兼《けん》ダイニングルームに向かいながら大声で言った。

「大変だぞ!! また空《あ》き巣《す》だとさ」

そういえばここ最近、銀杏《いちょう》が丘《おか》では空き巣が多発してるらしい。

元《げん》と言い合いをしていた春江《はるえ》の興味《きょうみ》がパッと移《うつ》った。亜紀《あき》も、英助《えいすけ》の顔を見て泣きやんだ。

やれやれ。親父《おやじ》、タイミングいいぞ。

「やぁね。どの辺なの?」

春江《はるえ》が聞くと、英助《えいすけ》は背広《せびろ》やズボンや靴下《くつした》をスパスパと脱《ぬ》ぎながら答えた。

「それがさ。駅《えき》の反対側なんだけど。『猪之原《いのはら》』って、おまえも知ってるだろ。イノハラ薬局の、あそこんちなんだと」

「うそでしょお!?」

「うっそだろ!?」

元《げん》は春江《はるえ》と同時に叫《さけ》んだ。

これには、英助《えいすけ》も目を丸くした。

話の流れ上、妻《つま》は驚《おどろ》くだろうと予想できたが、なぜ元《げん》までそんなにリアクションしなきゃならないんだ？

驚いた顔のまま言った。

「いや、ほんとなんだって。パトカーがいっぱいいてさ」

「この時間じゃ、たしかにあそこの家は誰《だれ》もいないでしょうね。ご主人も奥《おく》さんも息子《むすこ》さんも店に出てるんだから」

と、春江《はるえ》。

元《げん》は、「あれ？」と口を挟《はさ》んだ。

「でもさ。じゃあ、どうして空《あ》き巣《す》が入ったってわかったわけ？　誰もいないのに」

英助《えいすけ》はT《ティー》シャツとデカパンだけの姿《すがた》になり、ウエストがゴムになったグレーの楽々パンツをはきながら答えた。

「お、いいところに気がついたな、元《げん》。その泥棒《どろぼう》が窓《まど》ガラスを割《わ》ったところに、ちょうど近所の人が通りかかったらしくてさ。犬も吠《ほ》えたてたりして大騒動《おおそうどう》だったそうだ。ふた

り組だったそうだよ」

「あら、じゃあ捕《つか》まったの？」

春江《はるえ》が聞くと英助《えいすけ》はソファーにデンと腰《こし》を下ろして言った。

「いいや。逃《に》げ足《あし》の速いやつらだったらしく、取り逃がしたんだそうだ。ま、今回は発見が早かったから被害《ひがい》はなかったらしいけどね」

「なんだ、やぁね。んもう、最近の警察《けいさつ》はだらしないんだから！」

元《げん》としては、じゃあ、いつの警察《けいさつ》がだらしあったのか、とツッコミたいがやめておいた。

それに、今はそれどころじゃない。

一刻《いっこく》も早く夢羽《むう》に知らせなければ!!

とはいえ、さすがにこんな夜遅《よるおそ》く外出するわけにもいかないし、たとえ抜《ぬ》け出《だ》せたとしても、女子の家を訪問《ほうもん》する時間ではない。そして、さらに本音を言えば、この夜更《よふ》けにあの幽霊屋敷《ゆうれいやしき》を訪問するのだけは勘弁《かんべん》だ!!

電話……も知らないし。

だいたいあの屋敷に電話なんてあるんだろうか?

元《げん》の頭に浮《う》かぶのは、蜘蛛《くも》の巣だらけのホーンテッドマンションだ。

軽く首を振《ふ》り、苦笑した。

ま、いいや。あした話せばいいか。それに、ただの偶然《ぐうぜん》かもしれないんだしな。

「いや、偶然じゃないかもしれない」

翌朝《よくあさ》、学校にやってきた夢羽《むう》を捕《つか》まえ、すぐに空き巣の話をしてみたのだが、彼女《かのじょ》は即座《そくざ》にそう言った。妙《みょう》にきっぱりした調子で。

「で、でもさ。じゃあ、何のために?」

「次はあそこの家を狙《ねら》うぞという暗号かも」

「そっか！　空き巣はひとりじゃなくて、何人かでやってるんだ。どの家を狙《ねら》うかをあのシールで連絡《れんらく》しあってるのかも！」

勢《いきお》いづいてそう推理《すいり》した元《げん》。

夢《む》羽《う》が返事をする前に、

「何の話してるの？」

と、後ろから声がした。

振《ふ》り返《かえ》らずとも誰《だれ》だかわかる。クルリンカールの瑠《る》香《か》だった。

今日《きょう》の彼女《かのじょ》は、白《しろ》いパーカーにオレンジ色《いろ》のチェックのミニスカート、黄色《きいろ》い長《なが》Tシ《ティー》ャツという格好《かっこう》だった。ハイソックスもオレンジ色《いろ》でカラーコーディネートもバッチリだ。

元《げん》と夢《む》羽《う》が仲良さそうに（彼女《かのじょ》にはそう見えた）自分にはわからない話をしている。

そんなことが許《ゆる》されてなるものか。

保《ほ》育園《いくえん》でおむつしてる頃《ころ》からいっしょなんだぞ、こっちは。

妙《みょう》な対抗意《たいこうい》識《しき》むきだしの顔で、瑠《る》香《か》はふたりの間に割《わ》って入った。

「え、ええ？　えっと……」

どう話したものかと元《げん》が口ごもっていると、ますます険悪《けんあく》なムードになった。

すると、意外なことに、夢羽《むう》がすらすらと昨日《きのう》のことを説明し始めたではないか。

実に要領《ようりょう》の得た説明を。

最初はツンケンした返事をしていた瑠香《るか》も、だんだんと話の内容《ないよう》に興味《きょうみ》をひかれていったらしく、真剣《しんけん》に聞き入り始めた。

「だからさ。あのシールで連絡《れんらく》し合《あ》ってるのかもって、オレが言ったところだったんだ」

元《げん》が言うと、瑠香《るか》はちょっと考えた後、首《くび》を振《ふ》った。

「それは違《ちが》うわね。だって、今時なんでそんなめんどくさい方法取らなくっちゃいけないの？　メールだってケータイだってあるでしょ」

元《げん》は、思わず「あっ」と声をもらした。

たしかにそうだ。その通りだ。それに、昨日父が言っていた言葉を思い出した。

「そういや、父《とう》さん、空き巣はふたり組だったらしいって言ってた。ふたりなのに、こんなめんどくさい連絡方法取らないよな」

しかし、夢羽《むう》はつぶやいた。

「実行犯《じっこうはん》がふたりってだけかもしれない。何かの連絡手段《れんらくしゅだん》であることは確《たし》かだな。それが空き巣に関係あるのかどうかは……今日《きょう》調べてみないとわからないけど」

「調べるって？」

と、瑠香《るか》が聞いたが、夢羽《むう》は何か思いつめたように黙《だま》りこくってしまった。

もうピタッとふたを閉《し》めた二枚貝《にまいがい》のように、何も寄《よ》せ付《つ》けないふんいきをばりばりかもしだしている。

こうなるともう元《げん》と瑠香《るか》は顔を見合わせるしかなかった。

8

そして、その日の放課後のこと。

「ねぇねぇ、それでどこに集まる？」

瑠香《るか》が夢羽《むう》と元《げん》に聞きに来た。

「集まって……？」

元《げん》が聞き返すと、彼女《かのじょ》は腰《こし》に手を置き、何言ってるんだと口をへの字にした。

「だって、例の道路《どうろ》標識《ひょうしき》、もう一度調べ直すんでしょ？」

「あ、ああ……」

元《げん》は夢羽《むう》を見た。

その話はあれきりしてなかったからだ。

「何よ。ふたりだけで調べようって思ってたの？」

「そ、そういうわけじゃないけど……」

「ならいいじゃないの。わたしも行くわよ！　気になるもん。いったん家にランドセル置いてから行くでしょ？　自転車に乗って行きたいし。そうだ。学校に集合ってことでいい？　じゃあ、三十分後」

テキパキと決めていく。

たしかに、夢羽《むう》とふたりでは何かと気づまりな感じだし話も弾《はず》まないというより、まず会話がほとんどないから、瑠香《るか》でも入ってくれれば少しは気が楽かも。

その反面、ふたりの間に入って、身の置き所に苦労するかもしれない。

結局、どっちがいいとは決められないのだが。

しかし、この場合、元が決めるというより夢羽《むう》がそれでいいかどうかが問題だ。

それとなく彼女《かのじょ》の返事を待ちつつ、きっとダメだろうな、ひとりでやるって言うかもと思ってたら、またまた意外にもコクンとうなずいた。

「いいよ。じゃ、三十分後、校門で」

それだけ言うと、彼女は教室の扉《とびら》から出て行ってしまった。

ポカンと口を開けたまま見送る瑠香《るか》と元《げん》。

夢羽《むう》の去った後、廊下《ろうか》の窓《まど》からカーテンを大きくふくらませ、春風が吹《ふ》きぬけていった。


三十分後。

一番最初に来ていたのは瑠香《るか》。ピンク色の女の子らしい自転車から降《お》りて、校門の横で待っていた。

驚《おどろ》いたことに、彼女《かのじょ》はわざわざ着替えてきていた。

水色《みずいろ》、たまご色《いろ》、ピンク色《いろ》など、さまざまなパステルトーンの水玉を散らした春らしいシャツに、ジーンズのジャケットをはおり、下《した》は珍《めずら》しくジーンズ。ジャケットもジーンズも折り返し部分に、シャツと同じ生地《きじ》を使うというこりようだ。

目をまん丸にしていると、瑠香《るか》は少しはにかんだような笑顔《えがお》で言った。

「走ったりするかもしれないでしょ？　動きやすい格好《かっこう》がいいかなと思って」

「ふうん……」

いまいち反応《はんのう》の鈍《にぶ》い元《げん》に、瑠香《るか》は不満のようだった。

といったってしかたない。たまに小学生のくせに口のうまいやつがいるが、そんな気の利《き》いたことなんて言えっこない。

「それより、わたしも見つけたよ！」

瑠香《るか》が好奇心《こうきしん》で目を輝《かがや》かせながら言った。

「ああ、落書き？」

「そう！　ほんと、なんで気づかなかったのかな。あっちこっちにあるね！」

「うん、そうなんだ……」

元《げん》が話を続けようとした時、瑠香《るか》が叫《さけ》んだ。

「あ、来た！」

夢羽《むう》だった。

川沿《かわぞ》いの坂道、風を切ってマウンテンバイクを走らせてくる。

長い髪《かみ》が後ろになびいて、細い体や腕《うで》にブカブカのジャンパーがはためいている。

やっぱりなと元《げん》は思った。

なんとなく彼女《かのじょ》のは女の子用の自転車じゃない気がしていたからだ。

夢羽《むう》は、ふたりの前に自転車を停めて言った。

「やっぱり目玉の向き、違《ちが》ってた」

「じゃ、あれから全部また描《か》き直《なお》したってこと？」

元《げん》が聞くと、彼女《かのじょ》は首を傾《かし》げてみせた。

「描き直したというか貼《は》り直《なお》したというか」

「貼り直した？」

論《ろん》より証拠《しょうこ》、自分の目で確《たし》かめろと言わんばかりに、彼女《かのじょ》は無言のまま近くの道路《どうろ》標《ひょう》識《しき》のところまで自転車を走らせた。

元《げん》と瑠香《るか》もついていく。

小学校と中学校の間にある道路標識。その落書きシールを指さした。

「ほら、シール、二重になってる。上から貼《は》ったってことだ」

「ほんとだ!!　それに、よく見たら……下にも何枚《なんまい》か貼《は》ってあるみたい!!」

瑠香《るか》が身を乗り出し、シールに目をくっつけて言う。

「とりあえず今回の終点がどこになるのか、目玉の向きを追ってみようか」

夢羽《むう》が提案《ていあん》すると、瑠香《るか》は元気よく「OK《オッケー》!」と返事をした。

おや？　と、元《げん》は思った。

夢羽《むう》、いつもと違《ちが》う。そっか。あれで、けっこう瑠香《るか》に気をつかっているのかも。

なんてことを考えながらふたりの後についていく。

「あ、ここ。みっけ。左だよ！」

新しいオモチャを渡《わた》された子供《こども》のように瑠香《るか》は大喜びだ。

中学校も通《とお》り過《す》ぎ、住宅街《じゅうたくがい》を右、左、後ろ……と、あっちこっちグネグネと曲がった後に、やっとたどりついた家。つまり、今回の終点は瑠香《るか》の家のすぐ近所だった。

和野戸《かずのこ》神社《じんじゃ》という古くからある神社の東。そこも住宅街で、よく手入れされた低層《ていそう》住《じゅう》
宅《たく》や新築《しんちく》のマンションが立《た》ち並《なら》ぶ地域《ちいき》だ。

瑠香《るか》の家は、そのマンションのひとつ。和野戸《かずのこ》ヒルズという四階建ての白いマンショ
ン。

ゴールは、そのマンションの裏《うら》。「木村欽一《きむらきんいち》」という人の家だった。

その家の前にあった歩行者横断禁止《おうだんきんし》の道路《どうろ》標識《ひょうしき》。これに貼《は》ってあった顔の目玉が寄《よ》り
目《め》になっていたのだ。

三人は顔を見合わせた。

「どうする？　一応《いちおう》注意とかしておいたほうがいいのかな」

元《げん》が言うと、瑠香《るか》は笑った。

「まっさかぁ。そんなの誰《だれ》が信じると思う？」

「ま、それはそうなんだが……」

元《げん》が口ごもる。

そりゃそうだよな。いきなり見知らぬ小学生がやってきて、「あなたの家は空き巣に狙《ねら》われてますよ」なんて言って、誰が本気にするだろう？

夢羽《むう》はじっとその家を見つめていたが、ポケットから何やらメモ帳のようなものを取り出した。

手のひらにすっぽり収《おさ》まるサイズなのだが、けっこうかっこいい。

表面はピカピカと光っているし、バインダーになってて、スケジュールや方眼紙《ほうがんし》、ビニールの袋《ふくろ》、シールの他《ほか》、なんと小型のサインペン各色、三角定規《さんかくじょうぎ》や巻《ま》き尺《じゃく》などが収まっている。

「すごい。そんなの、どこで買ったの!?　見せて見せて」

瑠香《るか》が言うと、夢羽《むう》は即座《そくざ》に言った。

「ダメ」

そのケンもホロロの言い方に、さすがの瑠《る》香《か》も一発で黙《だま》ってしまった。

夢羽《むう》は白い紙を一枚《いちまい》だけ取り出し、そこにサラサラと何か書いた。

そして、四つ折りにすると、木村《きむら》さんの郵《ゆう》便《びん》受けにポトリと入れたのである。

「今、わたしたちにできるのはこれくらいだな」

そう言うと、彼女《かのじょ》は自転車で元来た道をもどり始めた。

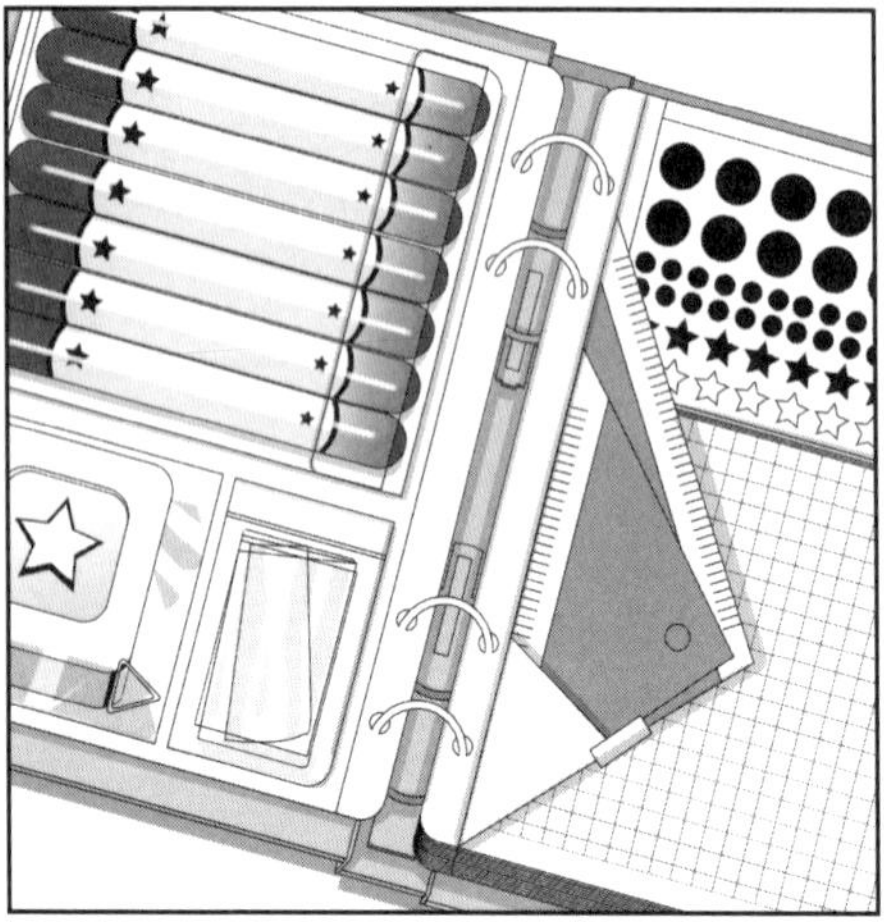

またまたあわててその後を追う。
「ねぇ、なんて書いたの!?」

大声で聞く瑠香《るか》。

夢羽《むう》は振《ふ》り向《む》くと、例の大きくはないけど妙《みょう》によく響《ひび》く声で言ったのだった。

「戸締《とじ》まりにご用心ください」

9

そして、数日がたった。

空き巣が入ったという話は聞かない。

最初のうち、「どうなのかな?」とか「やっぱり偶然《ぐうぜん》じゃない?」とか話しもしたが、最近ではその話題すらのぼらなくなった。

夢羽《むう》は、あいかわらずぶっきらぼうで女子の反感を買っていたし、授業中《じゅぎょうちゅう》居眠《いねむ》りをよくしてはプー先生に怒《おこ》られていた。

そのくせテストになれば、クラスでいつもトップの小林聖二《こばやしせいじ》と競《きそ》うほど。100点と書かれた答案用紙を興味《きょうみ》なさそうに紙飛行機にしてしまう彼女《かのじょ》を元《げん》はため息をつきながら見ていた。

　自分はといえば、80点くらいとれれば、一応《いちおう》母親に見せてもいいかなときれいにたたんだりするのに。

　いったいどういう家庭なんだ、彼女《かのじょ》んちは！

　なんて思いながら、50点以下の答案用紙の処分《しょぶん》をどうしたものかと、妹とのふたり部屋《べや》で頭を悩《なや》ませていた時、買い物に行っていた母の春江《はるえ》が帰ってきた。

「大変。今、聞いてきたんだけど。また空き巣ですって！」

　これには元《げん》もびっくり。答案用紙は一応《いちおう》引き出しに突《つ》っこんでおいて、あわててリビングに行った。

「そ、それ、もしかして……木村《きむら》さんって家じゃない？」

　元《げん》が聞くと、春江《はるえ》はポカンとした顔で首を左右に振《ふ》った。

「違《ちが》うわよ。山本《やまもと》さん。ほら、元《げん》も知ってるでしょ。保育園《ほいくえん》の時、いっしょだったじゃない？　育子《いくこ》ちゃんていう背《せ》が高い女の子の家よ。大家族の」

「あ、ああ……知《し》ってる。でも、本当にそう？　木村《きむら》さんじゃないの？」

「変な子ね。なんなの、木村木村《きむらきむら》って」

春江《はるえ》はスーパーの袋《ふくろ》から牛乳《ぎゅうにゅう》やレタスを取り出し、冷蔵庫《れいぞうこ》に詰《つ》め始《はじ》めた。その後ろに妹の亜紀《あき》がくっついて「ママ、宿題、わかんない！　ねぇ、ママってばあ」と言っている。

さらにその後ろにくっついて元《げん》は質問《しつもん》を続けた。

「で、その山本《やまもと》さんちって被害《ひがい》あったの？」

「ううん、三時くらいだったんだけどね。おばあちゃんがひとりでお留守番中《るすばんちゅう》だったそうよ。でも、あそこんちのおばあちゃん、すっごい元気じゃない？　その上、なんと若《わか》い頃《ころ》は長刀《なぎなた》の選手だったそうでさ。今も時々教えてらっしゃるくらいなんだって」

「へぇー！　じゃあ、だいじょうぶだったの？」

「そう！　物音がしたんで、おばあちゃん、長刀持って『曲者《くせもの》!!』ってやったらしいわ」

「まさか！」

「あははは。でも、とにかくそれで空き巣たちは大あわてで逃《に》げてったって。そうそ、やっぱりふたり組だったっていうから、例の空き巣ね、きっと」

「ふうん……」

元《げん》はハァーッとため息をついた。

結局あの落書きは関係なかったんだ。

なんか拍子《ひょうし》抜《ぬ》けっていうか、がっかりだよな。ま、そんなもんなんだろうとは思ってたけど。

首を振《ふ》りながら部屋《へや》にもどろうとした時だった。


ピンポーン!!


ドアのチャイム。

「あら、誰《だれ》かしら。ねぇ、元《げん》、ちょっと出てちょうだい」

と、春江《はるえ》。

「えぇ――――!?」

とりあえず不満の声をあげておく。

「いいから。ママ、今、手が離《はな》せないんだから」

冷蔵庫《れいぞうこ》に物詰《ものつ》めてるだけじゃん。

ブツブツ言いながらも素直《すなお》に玄関《げんかん》へ向かう。

「はぁーい、今開けまーす」

と言いながらドアを開け、目がいっぺんに覚めた。

瑠香《るか》が立っていたからだ。

もうすぐ七時になるっていうのに。いったい何事だろう。

そっか、空き巣の話を教えに来てくれたのかなとも思ったが、彼女《かのじょ》の顔を見て、そうじゃないことが一発でわかった。

真《ま》っ青《さお》な顔で今にも泣き出しそう。

いや、元《げん》の顔を見たとたん、大きな黒目がちの目にはウルウルと涙《なみだ》があふれてきた。

そして、震《ふる》える両手を握《にぎ》りしめながら言ったのだ。

「ど、どうしよう！　わ、わたし、とんでもないことしちゃった!!　自首しなきゃ！」

10

「元《げん》くん……、わたしどうしよう……」

大きな瑠香《るか》の目から、これまた大きな涙《なみだ》の粒《つぶ》がボロボロこぼれ落ちた。

ぎゃぁー!!

うそだろぉ!?

こ、困《こま》る。困りすぎる!!

「どうしたの？　どなた？」

と、春江《はるえ》の声。

こんなところ見られたら、そそっかしい母親のことだ。何をどう勘違《かんちが》いしてくれることか。

絶対《ぜったい》まずい!!

「あ、ああー、江口《えぐち》さんだよ……え、えっと、学校のことで……。ちょ、ちょっと出てくる！」

「ええ？　江口《えぐち》さんて、ああ、瑠香《るか》ちゃん!?　上がっていただいたら？」

「い、いや、いいよ。遅《おそ》いし、送ってくから」

大あわてでとりつくろう。

興味津々《きょうみしんしん》の妹《いもうと》の亜紀《あき》なんて、

「瑠香《るか》ちゃんだ！　どうしたのー？」

と、やってきたくらいだから。

「うるさい。いいんだよ！　おまえは」

元《げん》は亜紀《あき》を押《お》しやると、スニーカーを突《つ》っかけ、あわてて外に出た。後ろ手に玄関《げんかん》のドアを閉《し》め、ゴクリと喉《のど》を鳴らした。

「と、とにかく、あ、あっちで聞こう!!」

瑠香《るか》の背中《せなか》を押し、一刻《いっこく》も早く家から遠ざかろうと早足で歩き出す。

「元《げん》くん、わたしんち、こっち」

気が動転しているもんだから、瑠香《るか》の家とは別方向に歩き出していた。

「あ、そっかそっか」

くるっと方向転換《ほうこうてんかん》。

心臓《しんぞう》がばくばくいってる。

女の子に泣かれたなんて経験《けいけん》、考えてみれば保育園《ほいくえん》時代から一度もないような気がする。あの頃《ころ》は男も女もなくって、砂場《すなば》のバケツを取り合っただけで簡単《かんたん》に泣いたり泣かせたりしたもんだが。

男は女の涙《なみだ》に弱いんだなんて、よくテレビで言ってるけど。あれ、けっこう真実だったんだなぁ。

元《げん》は妙《みょう》な感心をしながら瑠香《るか》の隣《となり》を歩いていた。

彼女《かのじょ》はティッシュをポケットから取り出し、涙をふいたり鼻をかんだりして。ようやく少しだけ落ち着いたようだった。

「あ、あのね……。わたし、あの……あの……」

と言ったはいいが、その先がどうしても言えないようだ。

あんまり急《せ》かしてもかわいそうかなと思い、辛抱強《しんぼうづよ》く待ってみる。

すると、ついに決心したという顔で瑠香《るか》は立ち止まり、元《げん》を見た。

「ねぇ、何を聞いても絶対《ぜったい》に怒《おこ》らない？　軽蔑《けいべつ》とかしない？　なんでそんなことしたんだとかって、わたしを責《せ》めない？」

元《げん》は、ため息をついて言った。

「わ、わかったよ……怒らないから、軽蔑とかもしない。責めたりもしないから、とりあえず言ってみろよ」

瑠香《るか》はなおもじっと地面を見つめていたが、しばらくしてやっと顔を上げた。

「実はね……あの落書き、ちょっとだけいじっちゃったの！」

「いじった？」

「そう。といっても、ほんとに二《に》、三枚《さんまい》だけだよ！　修正《しゅうせい》ペンでちょこちょこっと。木《き》村《むら》さんちではなく、他《ほか》の家の前で目玉を寄《よ》り目《め》にしておいたの。でも、まさかあそこんちが育子《いくこ》ちゃんちだったなんて!!」

「彼女《かのじょ》の家って学校の反対側じゃなかったっけ？」

「うん、そうなのよ。でも、三年生の時に引《ひ》っ越《こ》したんだって！　わたし、ちっとも知らなくって。だって、彼女、そのまま駅前の第二《だいに》小学校《しょうがっこう》に越境《えっきょう》で行ってるんだって。山《やま》本《もと》なんてよくある名前だし……」

「そっかぁ」

それじゃわからなくても当然だ。

「しっかし、なんでそんなこと勝手にやったんだよ!!」

「ほら——!! ほら言った。うそつき! やっぱり言ったじゃん!」

瑠香《るか》は鬼《おに》の首でも取ったように、元《げん》を指さし、責《せ》め立《た》てた。

なんでこっちが責められなくちゃならないんだ。

とはいえ、そうか……。

「……ということは、やっぱりあのシール、泥棒《どろぼう》たちの暗号だったんだ……」

元《げん》がぽつりと言うと、瑠香《るか》は大きくうなずいた。

「ねぇ、どうしよう! やっぱり警察《けいさつ》に自首したほうがいいかな。でも、自首ってどうやってすればいいの? その辺のおまわりさんに話せばいいのかな。元《げん》くん、いっしょに行ってくれるわよね?」

すがるような目で見られ、元《げん》はまたまたあわてた。

ま、まさか、こいつ、しがみつこうとしてるんじゃ……？

両手が迫《せま》ってきて、元《げん》は思わず二、三歩後ずさった。

「な、何よぉ！　じゃあ、わたしひとりで行けって言うの？　ひどい！　薄情者《はくじようもの》!!」

両手で顔をおおって泣きじゃくる。

げ、げげ！

だぁら、泣くな、泣くなってば。

「ち、違《ちが》うよ。そうじゃなくって、まずは茜崎《あかねざき》に相談したほうがよくないかと思ってさ。それに、たぶん自首なんかしなくていいと思うよ。ま、どうしても説明に行ったほうがいいんだってことになれば、そりゃみんなでいっしょに行ってあげるし」

あわててそう言うと、瑠香《るか》はパッと手を広げた。

なんだ、ちっとも泣いてなんかないじゃないか。だまされた！

と思ってたら、すっかり涙《なみだ》の乾《かわ》いた顔で、「元《げん》くーん!!」と、本当に抱《だ》きついてきやがった。

「ぎゃっ!!」

悲鳴をあげ、必死でその手を振《ふ》り払《はら》う。

「何よぉお‼　わたしみたいにかわいい子に抱《だ》きつかれて、逃《に》げることないじゃないの！」

プンプン怒《おこ》り出《だ》す瑠香《るか》。

泣いてたかと思ったら怒り出すし。始末に負えない。

ってか、どうしよう。今から茜崎《あかねざき》のところに行くのか⁉

あの幽霊屋敷《ゆうれいやしき》に……。

11

本当なら明日にしたいところだが、事情《じじょう》が事情だ。

このままじゃ、また瑠香《るか》にしがみつかれそうだったし、たしかに心配でおちおち寝《ね》てもいられないだろう。

後で親にこっぴどく叱《しか》られそうだけど、ま、いいや。こいつんちで引《ひ》き留《と》められたんだとかなんとか言えば。後の心配は後にしよう。

元《げん》はそう決め、瑠香《るか》に言った。

「じゃあさ。オレ、これから茜崎《あかねざき》の家に行って報告《ほうこく》してくるけど。江口《えぐち》はどうする？　家で待ってるなら電話するけど」

「ううん、気になるし、いっしょに行くよ。茜崎《あかねざき》さんちってどんな家なのか興味《きょうみ》あるし」

と、ニコニコ。

なんだ、そりゃ。

さっきまでのあの深刻《しんこく》さはどこへ行ったんだ!?

またまた腹《はら》が立ってくる。

しかし、あそこにたったひとり、こんなに暗くなってから行《い》くことを考えたら、瑠香《るか》でもいっしょにいてくれたほうが心強い。

「わかったよ。じゃ、行こうか」

家に自転車を取りにもどろうかとも思ったが、瑠香《るか》が「歩き」だし、母親《ははおや》や亜紀《あき》に見つかるとコトだ。そのまま幽霊屋敷《ゆうれいやしき》目指して、暗い川沿《かわぞ》いの坂道を上っていった。

最近は日が長くなってきたとはいえ、もうすぐ七時ともなればすっかり暗くなっている。

川沿《かわぞ》いの道にはポツポツと街灯があったが、やはり暗い。

どんどん人通りも少なくなっていく。

坂の上から、キーコキーコとかすれたような音が響《ひび》いてきて、ふたりともギョッとして見た。

小さな光が近づいてきて、ただの自転車だとわかり、ほっとする。

「でも、うそみたい！　あんな幽霊屋敷《ゆうれいやしき》に人、住めるの？」

瑠香《るか》が聞く。

「さあね。でも、茜崎《あかねざき》がそう言うんだから、そうなんだろ？　この前見た時も荒《あ》れ果《は》てたままだったけどね」

「この前見たって……元《げん》くん、茜崎《あかねざき》さんちに行ったことあるの!?」

う、やば。

やぶ蛇《へび》とはまさにこのことを言うのだ。

「い、いや……、えっと、偶然《ぐうぜん》通りかかったってだけだよ。で、その時に彼女《かのじょ》に会って、例の落書きを見つけたんだよ！」

苦しい言《い》い訳《わけ》をすると、

「あんなとこ、偶然通りかかったりするかしらね。だいたい何の用があったって言うのよ」

と、しつこく食い下がってくる。ったく。女ってのはもう！

こうなりゃ逆《ぎゃく》ギレするしかない。

「んなの、なんでもいいだろ！　って言うか、いいじゃん。オレがどこにどう行こうが！」

よく母親が父親に同じような言いがかりをつけているのを聞くが、瑠香《るか》は元《げん》の奥《おく》さんでもなんでもない。だから、そんなことを言われる理由なんかないんだ。

元《げん》はそう思った後、ついつい瑠香《るか》がウェディングドレスを着てにっこり微笑《ほほえ》んでいる図を想像してしまった。

げげげげげ。

ポカポカ頭を殴《なぐ》る。

そんな元《げん》を見て、瑠香《るか》は「変《へん》な人《ひと》！」と素直《すなお》な感想を言った。

そうこうしているうち、幽霊屋敷《ゆうれいやしき》……もとい、夢羽《むう》の家に到着《とうちゃく》した。

ボロボロに崩《くず》れかけた壁《かべ》の隙間《すきま》から見ても、屋敷《やしき》には電気ひとつ点《つ》いてない。

こうして暗いところで見る屋敷《やしき》は、ますますすごみを増《ま》して恐《おそ》ろしい。

「な、なんか……ほんとにお化《ば》けでも出そうね。ううん、もし、今、出てきたって、わたし信じる。すぐテレビ局に行く」

瑠香《るか》が嫌《いや》なことを言う。

「留守《るす》なのかな」

「そうかも……っていうか、ほんとにこ

こなの!?」

と言ってる時、突然《とつぜん》「アオォオオオ――ン!」と、どこかから犬の遠吠《とおぼ》えが聞こえてきた。

「きゃっ!」

「うわぁ!」

瑠香《るか》が元《げん》の腕《うで》にしがみつく。

この時は、元《げん》のほうもしがみつきたかったくらいだから、あわてて振《ふ》りほどいたりはしなかった。

「ど、どうする?」

「やっぱあしたにするか……」

青い顔で相談していると、またまた突然頭上から、

「ウガァアアア!!!」

というすごい声がしたからたまらない。

「きゃああああああ!!!」

「う、うわぁあああ」

ふたりとも絶叫《ぜっきょう》しながら、その場にしゃがみこんでしまった。

「ほら、ラムセス。人を脅《おど》かすのはいい趣味《しゅみ》じゃないって言ってるだろ？　すみません……っていうか、なんだ。あんたらか」

特徴《とくちょう》のある声。

元《げん》と瑠香《るか》は、手に手を取り合ったまま振《ふ》り返《かえ》った。

やはり、そこに立っていたのは夢羽《むう》だった。

そして、その隣《となり》。壁《かべ》の上からトンと降《お》り立《た》ったのは、彼女《かのじょ》の腰《こし》くらいまでの高さがあるネコ科の大きな動物……。

びっくりするほど大きな耳にすんなりした顔。アーモンド型の大きな目と黒い鼻。細かな斑点模様《はんてんもよう》。

ふたりは再度《さいど》アワアワとあわてふためいた。

瑠香《るか》がかすれ声で言った。

「……ひ、豹《ひょう》!?」

12

全長一メートル二十センチ。体重二十キロ。

尻尾《しっぽ》の長さだけでも一メートル近くある。

豹《ひょう》そっくりだが、サーバル・キャットという猫《ねこ》の一種。原産地はアフリカ。サハラ砂《さ》漠《ばく》より南のサバンナや森林に生息している。

足が速く、木登りも得意。ハイジャンプも得意で、かなり高くまでジャンプし、鳥を捕《つか》まえたりするという。

ラムセスは、サーバル・キャットの中でも特別大きな体格《たいかく》をしていて、豹に間違《まちが》えられることも珍《めずら》しくない。

姿《すがた》のわりにいたずらが大好きで、通りかかる人たちを脅《おど》かしては喜んでいるらしい。

首には青い革《かわ》の首輪をしていて、とにかく優美《ゆうび》な姿だった。

とはいえ、夢羽《むう》の足に頭をすり寄《よ》せ、時おり主人を見上げるようすは家ネコそっくり。

よく見てみれば愛嬌《あいきょう》のある顔をしているし、従順《じゅうじゅん》そうだった。

「うっそ。これ、茜崎《あかねざき》さんが飼《か》ってるの⁉」

大きな目をまん丸にして瑠香《るか》が叫《さけ》ぶ。

「うん、飼ってるというか、同居《どうきょ》してるというか……」

夢羽《むう》が口ごもると、瑠香《るか》は大きく何度もうなずいた。

「わかるわかる！　その感じ。そうよね、ペットとかって言ってほしくないもんね。友達《ともだち》とか家族だもん。うちにもね、ネコ、いるのよ。二匹《にひき》！　チンチラなんだけど、二匹ともかわいいよ！　でも、すっごー──い。こんな大きなネコ、見たことない。かっこいーい!!　ね、さわらせて!!」

　おそるおそる瑠香《るか》が手を出すと、ラムセスはザラッとした舌《した》で、彼女《かのじょ》の手をなめた。

「きゃ──!!　やだ。かっわいーい！　すごいよすごい。茜崎《あかねざき》さん、すごいじゃん！」

手放しでほめまくられ、夢羽《むう》も困《こま》ったように笑っていた。

しかし、ふと気づいたようにふたりを見た。

「ところで。こんな遅《おそ》くにどうしたの？　何かわたしに用があったんじゃ？」

その質問《しつもん》で、瑠香《るか》は今、自分が置かれている状況《じょうきょう》をやっと思い出した。

たちまちのうちに、どーんと落ちこみ、同時にクルリンとカールした髪《かみ》も心なしかうなだれたように見えた。

しかし、「こみいった話なら、家でする？」と、夢羽《むう》が聞いたとたん、また元気よくクルリンとカールした。

その顔は、自分の心配より夢羽《むう》の家がどんななのかという好奇心《こうきしん》でいっぱいだった。


こわれた壁《かべ》の左に門があった。

古ぼけた鉄の門で、夢羽《むう》が押《お》し開《あ》けると、ギイィィ――――ッと悲鳴をあげた。

元《げん》も瑠香《るか》も思わず肩《かた》をすくめる。

その上、またまた「アオォオオオ――――ン！」と、どこかで犬の遠吠《とおぼ》え。

すかさずラムセスが伸《の》び上《あ》がって、その方向を見る。

長くて大きな耳をさらに長くしたが、(なんだ、ただの犬か)という顔で、主人の後ろにぴったりついて歩き出した。

その後ろを元《げん》と瑠香《るか》がおっかなびっくりついていくのだが、夢羽《むう》が玄関《げんかん》に立っただけでパッと電灯が点《つ》いた。

「わぁっ！」

「きゃぁ！」

ふたりが小さく叫《さけ》ぶと、夢羽《むう》は首を傾《かし》げた。

「センサーで点灯しただけだ。今時珍《めずら》しくもないだろ？」

「そ、そりゃそうだけど……でも、こんな古い洋館だから、ちょ、ちょっと意外だったんだよ」

必死に元《げん》が言《い》い訳《わけ》すると、横で瑠香《るか》もしきりにうなずいてみせた。

「大きな家だし、不用心だからつけてみたんだ」

「つけてみたんだ……って、もしかして茜崎《あかねざき》さんがつけたの⁉」

瑠香《るか》がびっくりして言うと、夢羽《むう》は不思議そうな顔でうなずいた。

すごい。電気のことにもくわしいんだな。っていうか、そんなことができてしまう小学五年の女の子なんて、そうそういるもんじゃない。

元《げん》は感心して夢羽《むう》を見た。

サビだらけのノッカーは、ライオンの顔。

夢羽《むう》はノッカーには見向きもせず、重々しい木製《もくせい》のドアノブの下にある鍵穴《かぎあな》に、大《おお》きなサビだらけの鍵を差しこんだ。

ガチャガチャッと重々しい音が響《ひび》く。

ぎぃいいいい――――っと、これまた心臓《しんぞう》に悪い音をたてドアが開かれた。

室内灯もパッと自動で点《つ》いた。

「おうちの人、留守《るす》なの？」

こわごわ入りながら、瑠香《るか》が聞いてみる。

「今は仕事でいないんだ」

夢羽《むう》はそれだけ言うと、玄関《げんかん》ホールの窓側《まどがわ》にあるソファーとテーブルのほうへ歩いていった。

古ぼけた家具だったが、ホコリなどは一応払《いちおうはら》われている。少なくとも蜘蛛《くも》の巣は張《は》ってないようだった。

うちの人、仕事って……。夜になったら帰ってくるんだろうか。それとも……!? まさかこんな恐《おそ》ろしげな屋敷《やしき》にたったひとりで住んでるなんてことないよな?

などとあれこれ考えている間に、夢羽《むう》はソファーのひとつに腰《こし》かけた。

彼女《かのじょ》の横にラムセスが長々と横たわる。胸《むね》から上をスッともたげた美しく誇《ほこ》り高《たか》い姿《すがた》で。

まるでスフィンクスのように。

ラムセスって、たしか古代エジプトの太陽王と言われた王の名前じゃなかったっけ?

その名前に恥《は》じない堂々とした態度《たいど》だ。

そうか。ラムセスがいるから怖《こわ》くないのかも。彼《かれ》は(彼女かもしれないけど)、いわば夢羽《むう》のボディガードなんだろう。たしかに人間なんかよりよほど頼《たよ》りになるかもしれない。

元《げん》はまたまた感心して見ていた。しかし、ラムセスは元《げん》のほうをチラッと見ただけで、プイと向こうを向いてしまった。

ちぇ、かわいくないな。

夢羽《むう》が腰《こし》かければ？　と、すすめてくれた。

元《げん》と瑠香《るか》はあわてて近くのソファーに腰かける。

体が沈《しず》みこむような大きなソファーで瑠香《るか》は危《あぶ》なくひっくり返りそうになった。

それにしても、すごく高《たか》い天井《てんじょう》……。

その天井から長い鎖《くさり》が下《さ》がっていて、これまた古ぼけたシャンデリアが下がっていた。

古ぼけていても、シャンデリアであることには変わりない。

なんとも暖《あたた》かみのある輝《かがや》きが室内を満たしている。

玄関《げんかん》ホールからは、三つドアが見えた。二階へ行く階段《かいだん》も見える。玄関ホールは吹《ふ》き抜《ぬ》けになっているから天井が高いのだ。

ふたりは話どころじゃなくて、あちこちをキョロキョロしていた。

「あのさ。わたしは別にいいけど、あんたたち、あんまり遅《おそ》くなるとまずいんじゃないの？」

夢羽《むう》に言われ、瑠香《るか》はやっと話を始めることにした。

といっても、十秒で終わる話なのだが。

「なるほど。じゃあ、やはりあれは空き巣が使っている連絡用《れんらくよう》の暗号なんだな」

事情《じじょう》を知った夢羽《むう》はそう言ったきり考えこんでしまった。

それを見て、瑠香《るか》が眉《まゆ》を思いっきりハの字にして言った。

「ねぇ、だから、わたし、自首《じしゅ》しなくていいのかなと思って……」

すると、夢羽《むう》は片方《かたほう》の眉を上げた。

「自首？　そんなの、する必要ない。それに、今日《きょう》はもう遅《おそ》いし。夕方事件《じけん》が起こったわけだから、別に急いで今夜することなんか何もない。あしたにでもあの落書きを調べ直そう。たぶん、場所だけでなく、日時も暗号にして描《か》いてある気がする。とにかくあんたら、もう帰ったら？」

パッパッパッと早口で言う。そっけないというかなんというか。

しかし、彼女《かのじょ》の言う通りだ。あの落書きをもう一度調べ直すとしても、あした、明るくなってからということになるし。だったら、今できることはない。

瑠香《るか》はまだまだこのホーンテッドマンションにいたいって顔だったが、親に叱《しか》られる前に（いや、もう叱られるのは決定だろうが）とっとと帰ったほうがいいに決まってる。

「そうだな。もう帰ろう」

不満気な瑠香《るか》をうながし、元《げん》が立ち上がった時、ゴォーン……と鐘《かね》が鳴《な》り響《ひび》いた。

あまりにタイミングがよかったもんだから、元《げん》はびっくりしてソファーにまた座《すわ》りこんでしまった。

夢羽《むう》が冷ややかに言った。

「大時計《おおどけい》の音だ。七時半を知らせる鐘だが、その時計、だいぶ遅《おく》れてるみたいだから信用しないほうがいいよ」

「うわぁー、すっごい。こんな時計、前にどこかの博物館で見たことある！」

タッタッタッと瑠香《るか》が時計に近寄《ちかよ》り、文字盤《もじばん》を見上げる。

そうなのだ。

彼女《かのじょ》が見上げるほどの大きな時計なのだ。

ところどころ錆《さ》び付《つ》いた文字盤《もじばん》には、Ⅰ、Ⅱ、Ⅲ……とローマ数字が並《なら》んでいる。
大きな振《ふ》り子《こ》が左右にゆれるたび、カッチカッチカッチと金属音《きんぞくおん》が響《ひび》いた。
「ほら、やっぱ急いで帰らないと。七時半過《す》ぎてるんなら」
元《げん》はまだぐずぐずしている瑠香《るか》を急《せ》かした。
……それにしても。
幸いあしたは先生たちの研修《けんしゅう》があるとかで、学校は昼までだ。時間もある。
つまりは落書きを徹底的《てっていてき》に調べ直し、暗号を解《と》けるということだ！！！

元《げん》はワクワクを通りこして、息苦しくなるほど興奮《こうふん》していた。
くそー！
こんなことが、現実《げんじつ》に起こるなんて。
いや、だいたい夢羽《むう》が現《あらわ》れてからというもの、不思議なことばかり起こる。

いいぞ、いいぞ。

最高!!

人目がなければ、その辺を走り回り雄叫《おたけ》びでもあげたいところだ。

もちろん、このひとくせもふたくせもある女子たちふたりの前ではそんなこと、絶対《ぜったい》にできないのだが。

「じゃ、またあした。放課後、調査《ちょうさ》しよう」

興奮《こうふん》しているのを悟《さと》られないよう、わざと低い声で元《げん》が言うと、ふたりとも了解《りょうかい》といううふうにうなずいてみせた。

13

翌日《よくじつ》の放課後。三人は校門のところで待ち合わせた。

先に夢羽《むう》と元《げん》が到着《とうちゃく》。最後に瑠香《るか》が赤い顔をして自転車を必死にこいでやってきた。

「ごめん！　遅《おそ》くなっちゃった」

「で、どうだった？」

夢《む》羽《う》が瑠《る》香《か》に聞いた。

瑠《る》香《か》は首を左右に振《ふ》り、クルリンカールをゆらゆらとゆらした。

「違《ちが》ってた。育《いく》子《こ》ちゃんちの前の落書き、寄り目じゃなかったもん」

育《いく》子《こ》ちゃんちというのは、昨日《きのう》空き巣に入られた山本《やまもと》育子《いくこ》の家のことである。

「そうか……」

夢《む》羽《う》は腕組《うでぐ》みをした。

「もう貼《は》り替《か》えたってこと!?」

元《げん》が聞くと、夢《む》羽《う》はうなずいた。

「そういうことになるな」

すげ。ってことは、昨日《きのう》、夜のうちにでも貼り替えたってことだろう。

なんて勤勉《きんべん》な泥棒《どろぼう》なんだ!!

「どうする？　次のゴールを確認《かくにん》する？」

元《げん》の質問《しつもん》に夢羽《むう》は首を振《ふ》った。

「いや、それは後からでいいだろう。とにかく今は暗号を解《と》くのが先だ。まさか昨日《きのう》の今日《きょう》、空き巣に入るとは思えないしね」

彼女《かのじょ》はそう言うと、自転車を押《お》し、落書きのされた標識《ひょうしき》の前まで行ってジッと見つめた。

例のおどけた顔が描《か》かれたシールが何枚《なんまい》か重なって貼《は》られている。

毎回空き巣に入ろうと計画するたびに、このシールを貼ったのなら、絵柄《えがら》が微妙《びみょう》に違《ちが》ってるはずだ。夢羽《むう》の推理《すいり》では、その違いから暗号を解くことができるだろうってことだった。

元《げん》は、標識の前でつぶやいた。

「このシール、うまくはがせるといいけど……」

すると、

「シールはがしえきぃ――！　こんなこともあろうかと、持ってきたのよ」

瑠香《るか》がドラえもんの声色《こわいろ》で言いつつ、バッグから小さな瓶《びん》のような容器《ようき》を取り出してみせた。

なんとも得意そうな顔で。

その幼稚《ようち》な言い方に元《げん》はつい吹《ふ》き出《だ》した。

夢《む》羽《う》も少しだけ笑った。

「ここは、人通りも少ないしだいじょうぶだと思うけど、どこでやつらが見張《みは》ってるかもしれないからな。できるだけ急いだほうがいいかもしれない」

夢《む》羽《う》に言われ、元《げん》も瑠《る》香《か》も緊張《きんちょう》した顔になった。

シールはがし液《えき》をシールの上にべたべた塗《ぬ》っていく。しばらくすると、おもしろいくらいきれいにペロンとはがれてきた。

「やった！」

元《げん》が言う。

「お手柄《てがら》だな」

夢《む》羽《う》も満足そうに言うと、瑠《る》香《か》は心底うれしそうに両手でガッツポーズをした。

結局、シールは五枚《ごまい》。

落書きの顔は一見すると、ほとんど違《ちが》いがないようだったが、よく見ればたしかに全部微妙《びみょう》に違っていた。

「こりゃ、間違い探《さが》しだな」

元《げん》が目を輝《かがや》かせた。

あきらかに違うのは、ガッと開いた口の中の歯。この数や位置、そして髪《かみ》の毛の本数だ。

もしかすると、これが夢羽《むう》の言う「日時」の暗号になってるのかもしれない。

下の四枚《よんまい》は持っていくとして、一番上にあった落書きはできるだけ正確《せいかく》にメモって、元通りに貼《は》り直《なお》しておく。

これ以上、標識《ひょうしき》の前であれこれやってるとまずいからということで、三人はいったん夢羽《むう》の家に行くことにした。

公園などで話すという手もあったのだが、今日《きょう》は風も冷たく、天気もよくなかった。誰《だれ》の家に行ってもよかったが、やはりうるさく心配してあれこれ気を回す大人のいない夢羽《むう》の家が最適《さいてき》なんじゃないの？　と、瑠香《るか》が勝手に決めてしまったのだ。

ちゃんとは聞いていないが、どうやら今日《きょう》もあの屋敷《やしき》には夢羽《むう》とラムセス以外、誰《だれ》もいないようだった。

ところで。元《げん》は、ゆうべあれから春江《はるえ》にこっぴどく叱《しか》られた。

大した説明もせず瑠香《るか》と出て行ったっきり、なかなか帰ってこなかったし、帰ってからもちゃんとわかるような説明をしなかったからだ。

しかし、春江《はるえ》がヒステリー寸前《すんぜん》という顔で怒《おこ》っている最中に、英助《えいすけ》が帰ってきてくれてなんとか事態《じたい》はおさまった。

「元《げん》にだって、おいそれと話せないことくらいあるさ。でもな、元《げん》。ママはおまえのことを心配してるから、うるさく言うんだ。親が子供《こども》のことを心配するのは当然だぞ。話せるようになったら、ちゃんと話してくれるな?」

相変わらずT《ティー》シャツとデカパンになりながら、そう言ってくれた。

元《げん》は心の底から感謝《かんしゃ》し、こっくりとうなずいた。

それを見て、英助《えいすけ》も満足そうに笑って、元《げん》の背中《せなか》をドンと叩《たた》いた。

「よし、じゃあもう行っていいぞ」

春江《はるえ》はまだ少し不満気な顔をしていたが、英助《えいすけ》が「これ以上は言っても逆効果《ぎゃくこうか》だ」と小声で言ったので、黙《だま》るしかなかった。

瑠香《るか》のほうはどうだったかというと、父の達彦《たつひこ》も母の秀香《ひでか》もまだ仕事から帰ってなかったので叱《しか》られないですんだ。

彼女《かのじょ》の家は両親とも働いているしひとりっ子なので、こういうこともよくあるのだ。

しかし、今日《きょう》は秀香《ひでか》のほうが家で仕事なので、一日中いる。

それに、瑠香《るか》も元《げん》も夢羽《むう》の家がすっかり気に入っていた。怖《こわ》いもの見たさというのもあって。

ホーンテッドマンションみたいにワクワクする洋館な上に、見たこともない大きなサーバル・キャットのラムセスがいたりして。

14

午後の薄《うす》ぼんやりとした日差しがクラシックな窓《まど》から入ってくる。ただ、あまり天気がよくないので、室内はどんよりと暗かった。
昼間見ると、やはり室内は薄汚《うすよご》れている。というか、すさみきっている。
壁紙《かべがみ》のあちこちは破《やぶ》れていたし、なんだかカビ臭《くさ》い。
ゆうべと同じ玄関《げんかん》ホールのソファーに座《すわ》り、問題の落書き五点を見比《みくら》べることにした。
ラムセスもちゃんと夢羽《むう》の隣《となり》に座《すわ》り、長い脚《あし》を投げ出し、客のようすを見ていた。
落書きは次の通り。

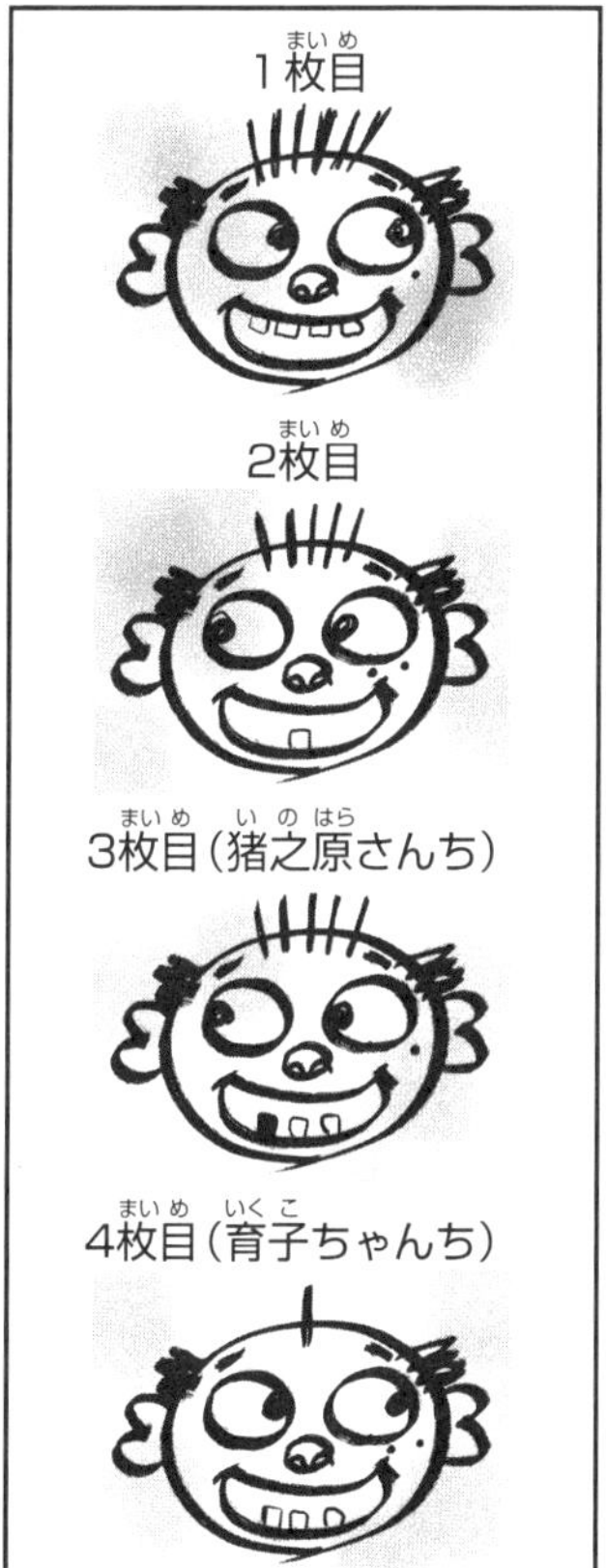

「髪《かみ》の毛と、歯だよね」

元《げん》が言うと、夢羽《むう》はうなずいた。

「髪が日付だと思う」

「そうか！　この前のイノハラ薬局の家に入った日付は四月十五日だから、五本なのか」

「そう。一の位を表しているわけだ。昨日《きのう》は二十一日だから、一本」

「でも、十の位はどうなるんだろう？」

元《げん》が聞くと、夢羽《むう》は首を傾《かし》げた。

「うーん……そっか。それはわからないな。その時一番近い日付ってことかな」

「なんか、それじゃ正確《せいかく》じゃないね。……じゃあ、歯のほう？」

「いや、それはないかな。だって……白い歯が三本とか、黒い歯に白い歯の組み合わせとか。組み合わせ方が複雑《ふくざつ》だろ？　もし、十の位を表してるんなら、ゼロ、一、二、三。この四パターンで足りるんだし」

「そっか。だったら、白い歯をゼロ、一、二、三って並《なら》べるだけでいいか」

「そういうこと」

「じゃあ、歯は何？」

「たぶん……時間かな。髪《かみ》が日付なら」

「でも、どういう暗号になってるんだろう？」

元《げん》も夢羽《むう》も腕組《うでぐ》みして考えこんでしまった。

黒い歯と白い歯にヒントが隠《かく》されているだろうというのはわかるが、それ以上はわからない。

瑠香《るか》のほうは、何がなんだかちっともわからないままなので、ふたりの顔を見比《みくら》べて見ていた。

すると、夢羽《むう》が顔をパッと上げた。瞳《ひとみ》が輝《かがや》いている。何かひらめいたに違《ちが》いない。

彼女《かのじょ》は立ち上がって、フロアにある大きな時計《とけい》のそばまで歩いていった。

元《げん》たちもあわてて追いかける。

「ほら、この数字。ローマ数字、知ってる？」

「ううん、何、それ」

「そっか……えっと、こういうふうに数字を表すんだ」

夢羽《むう》はテーブルにもどると、数字を書き始めた。

Ⅰ	1
Ⅱ	2
Ⅲ	3
Ⅳ	4
Ⅴ	5
Ⅵ	6
Ⅶ	7
Ⅷ	8
Ⅸ	9
Ⅹ	10
Ⅺ	11
Ⅻ	12

「へぇー、こういうの見たことはあったけど、くわしくは知らなかった。ってことは、このVっていうのが五で、Xが十なんだよね」

「そう。四は五の一個《いっこ》前だから、Ⅳって表すし、六は五の一個後だから、Ⅵなわけ。七はⅦ、八はⅧ、九は十の一個前だからⅨ」

……と、そこまで聞いて、元《げん》もわかった。

「そっか!!」

「そうなんだ。たぶん、この黒い歯ひとつがVで、五を表し、ふたつで十を表しているんだと思う」

「なるほど!! そういや、昨日《きのう》は三時くらいに空き巣が入ったって言ってた！」

元《げん》はそう言うと、落書きをひとつひとつ確認《かくにん》した。

「やっぱり！　ほら、これ。白い歯が三つだから、Ⅲ、つまり三時なんだ。その前のは……黒い歯があって白い歯が右にふたつというとⅦだから七時!?　うん、だいたい合ってる」

興奮《こうふん》しきった顔の元《げん》と満足そうな夢羽《むう》。

ふたりを見比《みくら》べ、瑠香《るか》が口をへの字にし、ほっぺを思い切りふくらませた。

「ちょ、ちょっとおお!!　何よ何よ、自分たちばかり盛《も》り上《あ》がっちゃって。わたしにもわかるように説明してよね!!」

15

（では、瑠香《るか》ちゃんのために、くわしく解説《かいせつ》しよう！）

さらに、午前と午後は、上に歯があるか下にあるかで表しているのではないかと夢羽《むう》が指摘《してき》したが、これは他《ほか》の例を見てみないと判断《はんだん》のしようがない。

「カレンダーから推察《すいさつ》すると……最初のは六日か十六日、次は十五日か二十五日、次が十五日、その次は二十一日、最後は二十六日か六日、あるいは十六日ってことになる

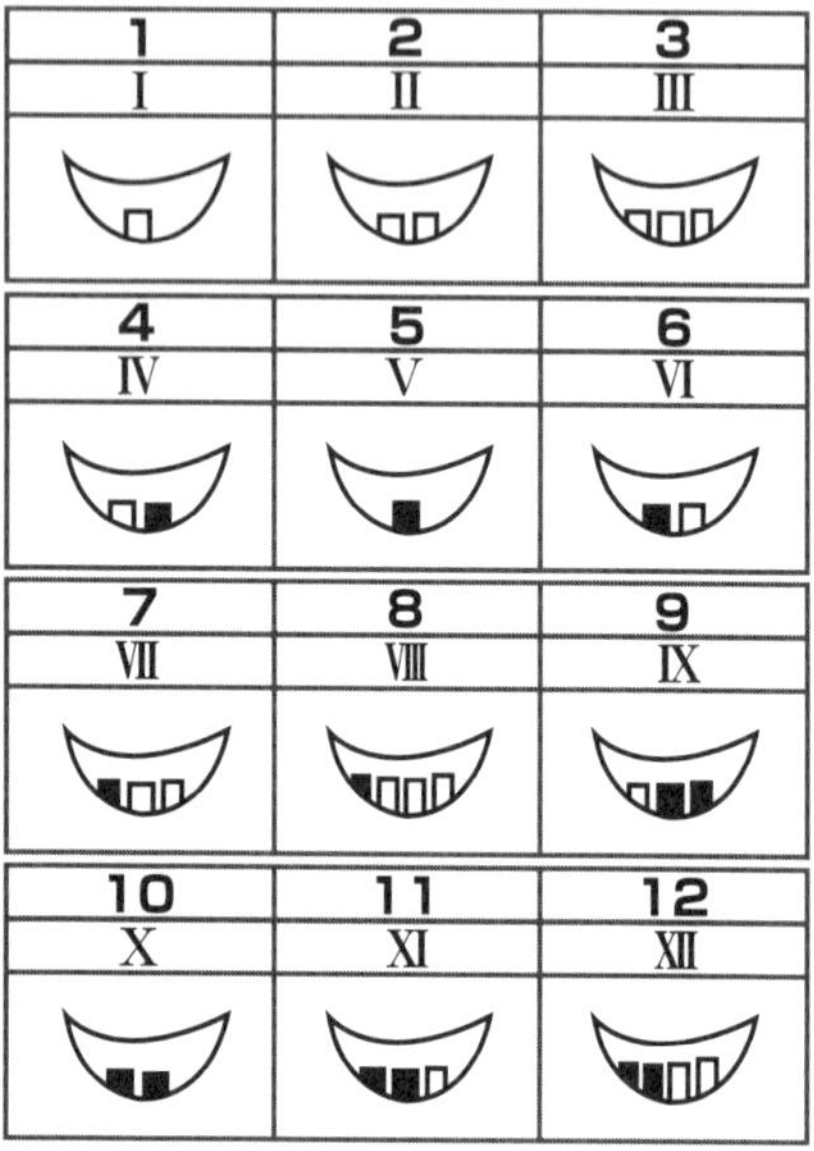

ね」

「ふむふむ……」

落書きとカレンダーを見比《みくら》べていた瑠香《るか》が「あ、あれ？」と言い出した。

「ん？　どうかした？」

元《げん》が聞くと、瑠香《るか》は首を傾《かし》げながら落書きの目の下にある点を指さした。

「ねぇ。これ、ホクロ!?　シミ？」

「汚《よご》れじゃないの？　ほら、他《ほか》のところにもあるじゃん」

「そっかなぁ……」

瑠香《るか》は他の落書きも見て言った。

「違《ちが》うよ！　これ、やっぱホクロだよ。目の下のホクロは泣き虫の証拠《しょうこ》なんだって。ほら、わたしにもあるでしょ？」

と、自分の目の下を指さす。たしかに小さなホクロが大きな目の下にあった。

「昨日《きのう》は二十一日で二個《にこ》だよ。その前は十五日だから、ほら一個《いっこ》だ。日付の……十の位なんじゃないのかなぁ」

すると、夢羽《むう》がパッと瑠香《るか》の見ていた落書きを取り上げた。そして、カレンダーを見つめ……ドンとテーブルを叩《たた》いた。

びっくりして瑠香《るか》が見る。

彼女《かのじょ》に夢羽《むう》が言った。

「今日《きょう》二回目のお手柄《てがら》だね！　その通りだ」

瑠香《るか》は信じられないという顔になった後、

「うそ。ほんとに？　キャアアア――――、やったやったぁああ――――!!」

と、ものすごい歓声《かんせい》をあげてラムセスを驚《おどろ》かした。

とにかくこれで全部わかったことになる。

「最初の空き巣と二番目のはニュースになってたから、新聞に載ってると思う！」

元《げん》が言うと、夢羽《むう》は「ちょっと待ってて」と言って奥《おく》のドアへと消えたが、しばらくして新聞の山を持ってもどってきた。

全員で問題の記事を探《さが》し始《はじ》める。

「あ、あったぞ！」

新聞の地方欄《ちほうらん》を探《さが》していた夢羽《むう》が言った。

「どこどこ!?」

三人顔を寄《よ》せて新聞に見入る。

ラムセスも首を伸《の》ばして、同じようにのぞきこんだ。

『三月十六日付の夕刊《ゆうかん》より抜粋《ばっすい》』

今朝未明《けさ》、東ヶ丘三丁目《ひがしがおかさんちょうめ》、桜井《さくらい》さん宅《たく》に空き巣が侵入《しんにゅう》した。ちょうど桜井《さくらい》さんたちが旅行で留守《るす》の時を狙《ねら》っての犯行《はんこう》。前もって下調べをしていた模様《もよう》。犯人はまだ捕《つか》まっていない。

『三月二十六日付の朝刊より抜粋』

またまた空き巣。昨日午後一時、西和泉二丁目《にしいずみにちょうめ》、蛭子《えびす》さん宅に空き巣が侵入した。十六日の事件《じけん》とほぼ同じ手口であることから、同一犯という見方が強まっている。

「ほんと。ぴったりだ!!」

瑠香《るか》が叫《さけ》んだ。

「すっげー!!」

元《げん》も興奮《こうふん》して、顔が真《ま》っ赤《か》になった。

「歯が上にあると午前なんだね」

「これはもう警察《けいさつ》に言ってもいいんじゃない?」

瑠香《るか》も興奮して言う。

「そうだな! ここまでちゃんと解明《かいめい》できていれば警察だって聞いてくれると思うよ」

元《げん》も賛成《さんせい》する。

しかし、夢羽《むう》だけはきっぱり言い切った。

「だめだ。こんなことじゃ、まだ警察は動かない。それに、次に標的にされている家の主人たちが騒《さわ》ぎ出《だ》したらどうする? 犯人《はんにん》たちが警戒《けいかい》して逃《に》げてしまう」

「でも、それくらいは警察のほうで考えてくれるんじゃないの?」

3月《がつ》16日《にち》午前《ごぜん》4時《じ》
(桜井《さくらい》さん宅《たく》)
3月《がつ》25日《にち》午後《ごご》1時《じ》
(蛭子《えびす》さん宅《たく》)
3月
日 月 火 水 木 金 土
1 2 3 4 5 6
7 8 9 10 11 12 13
14 15 16 17 18 19 20
21 22 23 24 25 26 27
28 29 30 31
4月
日 月 火 水 木 金 土
1 2 3
4 5 6 7 8 9 10
11 12 13 14 15 16 17
18 19 20 21 22 23 24
25 26 27 28 29 30
4月《がつ》15日《にち》午後《ごご》7時《じ》
(猪之原《いのはら》さんち)
4月《がつ》26日《にち》午前《ごぜん》10時《じ》
(次《つぎ》の標的《ひょうてき》)
4月《がつ》21日《にち》午後《ごご》3時《じ》
(育子《いくこ》ちゃんち)

瑠香《るか》が首を傾《かし》げながら言ったが、夢羽《むう》は聞かなかった。

「とにかく、この犯人《はんにん》たちはわたしたちで捕《つか》まえるんだ」

「えええ!?」

瑠香《るか》も元《げん》も、びっくりして夢羽《むう》を見た。

冗談《じょうだん》で言ってるのかとも思った。

でも、彼女《かのじょ》は本気らしかった。

ふたりの顔を見て、不敵《ふてき》に笑ってみせた。

「いや、無理じゃない。わたしたちは、この暗号のカラクリを知ったんだ。だから、今度はこれを利用して、やつらをワナにはめる」

おじさんの顔シール説明
目玉の向きは方向を表す
ホクロは日にちの10の位を表す
歯は時間を表す
※上の歯は午前。下の歯は午後

16

その日の夜。元《げん》は、父の帰りを待っていた。

彼《かれ》に相談し、あることを頼《たの》むためだった。

あることとは、もちろん、例の空き巣を捕《つか》まえる話である。

瑠香《るか》がちょこちょこっと落書きの目の向きを変えただけで、次の標的を変えてしまったくらいだから、また同じことをしても彼《かれ》らはだまされるだろう。

まさか瑠香《るか》がいたずらをしたとは思わず、ただの手違《てちが》いだったと考えているだろうから。

つまり、また落書きの目の向きを変え、どこかに犯人《はんにん》たちをおびきよせ、そして捕《つか》まえるという作戦なのだ。

しかし、それにはさすがに大人《おとな》の手が必要だ。

囮《おとり》になる家も。

夢羽《むう》の屋敷《やしき》はあまりに特殊《とくしゅ》過《す》ぎて囮にするには無理がある。

だとすれば瑠香《るか》の家か元《げん》の家ということになるのだが……瑠香《るか》の家は留守《るす》がちだし、マンションだからなお難《むずか》しい。今まで、マンションの何号室かを特定する暗号は入ってなかったからだ。

結論《けつろん》。囮《おとり》の家は元《げん》の家が最適《さいてき》だと。

それに、元《げん》の父はああ見《み》えて柔道二段《じゅうどうにだん》。母も空手をやっていた経験《けいけん》がある。ま、彼女《かのじょ》の場合はジャッキー・チェンにあこがれて何度か通った程度《ていど》なのだが。

最初、元《げん》の父に相談するのはどうなのか、大人《おとな》はすぐ警察任《けいさつまか》せにしそうだと夢羽《むう》と瑠《る》香《か》は反対したが、元《げん》は胸《むね》を張《は》って言った。

「だいじょうぶ。きっと理解《りかい》してくれると思う!」

太鼓判《たいこばん》を押《お》した手前、どうしても両親を説得する必要があるのだ。

「父《とう》さん、今日《きょう》帰り遅《おそ》いかな……」

春江《はるえ》に聞くと、「さあ、そうでもないんじゃない? なんで? 何か用なの?」と聞き返された。

そういえば……いつからか元《げん》も覚えていないが、杉下家《すぎしたけ》では元《げん》だけが英助《えいすけ》のことを「父《とう》さん」、春江《はるえ》のことを「母《かあ》さん」と呼《よ》んでいる。以前は、みんなのように「パパ」「ママ」だったのだが、なんだかそう呼ぶのも決まりが悪くなったからだ。

九時近くなってようやく英助《えいすけ》が帰宅《きたく》した。

彼《かれ》は小さな出版社《しゅっぱんしゃ》で営業《えいぎょう》をやっている。最近は出版界《しゅっぱんかい》も不況《ふきょう》だということで、いつリストラされるかわからないと春江《はるえ》は気をもんでいた。

春江《はるえ》も結婚《けっこん》前はそこの出版社に勤《つと》めていて、編集《へんしゅう》という仕事をしていたから、事情《じじょう》をよくわかっているのだ。

でも、英助《えいすけ》のほうはいたってのんき。

なるようになる。なってもいないことでイライラしたりハラハラするのはストレスの元であり、エネルギーの無駄《むだ》づかいだと断言《だんげん》していた。

そんな英助《えいすけ》の耳元で、「備《そな》えあれば憂《うれ》いなし」と春江《はるえ》は呪文《じゅもん》のように唱えるのだが、一向に効《き》き目《め》はないようだった。

「あ、父《とう》さん……」

待ちかまえていたようすの元《げん》に、英助《えいすけ》は少し驚《おどろ》いた顔をしたが、すぐにまた服を脱《ぬ》ぎ始《はじ》めた。

元《げん》のようすがどうも変だと大いに気をもんでいた春江《はるえ》は、ふたりのそばにいて話を聞こうという態勢《たいせい》だ。

「ん？ なんだ？」

英助《えいすけ》はT《ティー》シャツとデカパン姿《すがた》で元《げん》を見た。

「実は、父《とう》さんを男と見こんで頼《たの》みがあるんだ!!」

英助《えいすけ》はこの言葉にめっぽう弱い。

そう言って頼まれると、ほぼ100％断《ことわ》れないというのを家族中が知っていた。

元《げん》は、これまでの落書きや新聞の切《き》り抜《ぬ》きなどを使い、必死に説明した。

春江《はるえ》が途中《とちゅう》で何か言いたそうに口を開くのだが、それを止め、英助《えいすけ》は元《げん》に最後まで話をさせた。

ようやく説明が終わり、ふうっと元《げん》がため息をついた後、英助《えいすけ》が代わりに口を開いた。

「事情《じじょう》はわかった。しかし、よくそこまで調べたな」

この感想には春江《はるえ》は猛烈《もうれつ》に抗議《こうぎ》した。

「な、何言ってんですか！　危《あぶ》ないじゃないの。小学生が!!」

「でもさ。オレは感心したぜ。こんな暗号、よく解読《かいどく》できたなぁって。その茜崎《あかねざき》っていう転校生、ただ者じゃないな」

「だろ!?　そうなんだよね。ほんと、事件《じけん》を解決したのはこれだけじゃないんだ……」

と、絵がなくなった時の話もしようとしたが、春江《はるえ》がさせなかった。

「冗談《じょうだん》じゃありませんよ。まったく。信じられない人たちね。その女の子もおかしいんじゃない!?」

「そんな言い方はないだろ!?　会ったこともないのにおかしいなんて。ひどいよ！」

と、言いつつ、会ったらさらに驚《おどろ》くだろうなぁと元《げん》は思った。

英助《えいすけ》は「まあまあ」とふたりの間に入り、

「ただcouさ、ママ。元《げん》は、こうしてちゃんとオレたちに相談してくれてるじゃないか」と、言ってくれた。

元《げん》も「そうだそうだ！」と言った。

これには春江《はるえ》も口をとがらせたまま、何も言えなくなってしまった。

それに、たしかに会ってもいない人のことを悪く言うなんて、それこそおかしいなと反省したからだ。

やっとふたりが落ち着いたのを見て、英助《えいすけ》は真面目《まじめ》な顔で元《げん》に言った。

「しかしな。元《げん》、よく考えてみなさい。その泥棒《どろぼう》たち、今回はうまく捕《つか》まったとして。でも、警察《けいさつ》や刑務所《けいむしょ》から出てきてから、オレたちに仕返しに来たりしたらどうする？うちにはママも亜紀《あき》もいるんだ。それに、今度は予告なしに来るぞ、きっと」

これには、元《げん》も黙《だま》るしかなかった。

17

結局、元《げん》、夢羽《むう》、瑠香《るか》の三人に英助《えいすけ》がつきそって、警察に行くことになった。

夢羽《むう》は最初、やっぱり警察に行くのは反対だと言《い》い張《は》っていたが、英助《えいすけ》が根気よく説得し、不承不承《ふしょうぶしょう》だがようやく納得《なっとく》したのだ。

警察署《けいさつしょ》は近くの交番と違《ちが》って、大きい部屋《へや》にたくさんの人たちが働いていた。おまわりさんの格好《かっこう》をしている人もいるし、私服《しふく》の人たちもいた。男の人もいたし、女の人もいる。

話を聞いてくれたのは、おじさんの刑事《けいじ》と若《わか》い刑事、ふたりだった。年をとったほうが武藤《むとう》、若いほうは峰岸《みねぎし》といった。

「ねぇねぇ、かっこいい刑事だね!」

ツンツンと肘《ひじ》で瑠香《るか》が元《げん》を突《つ》っつく。若いほうの刑事のことを言ってるのだ。

「そっかな」と言いつつ、たしかに意外だなと元《げん》も思った。

背《せ》は百八十センチ以上。スラッと高くて、顔も今流行《はやり》のイケメン。その上、茶髪《ちゃぱつ》。ブローした髪《かみ》も決まっていて、刑事《けいじ》というより変身もののヒーローって感じだ。

正直、だいじょうぶなのか？　こんな刑事で、とも思ってしまった。

その分、年配の刑事のほうはいかにも……と思わせる怖《こわ》そうな顔。貫禄《かんろく》もある。

こんな刑事に「白状《はくじょう》しろ！」とか言われたら、どんな悪党《あくとう》だってビビってしまうだろう。

四人は小さな部屋《へや》に通された。

元《げん》と瑠香《るか》は緊張《きんちょう》しきった顔でパイプ椅子《いす》に居《い》心地《ごこち》悪そうに腰《こし》かけていた。英助《えいすけ》は好奇《こうき》心《しん》いっぱいの顔《かお》でそわそわと落ち着かない。夢《む》羽《う》だけは目を閉《と》じ、黙《だま》ったたままだった。

説明は、元《げん》が担当《たんとう》した。

やっぱり夢《む》羽《う》は乗り気ではなかったからだし、瑠香《るか》なんていつもの元気の良さはどこへやら。借《か》りてきた猫《ねこ》状態《じょうたい》で、挨拶《あいさつ》すら小声でしかできないありさまだった。

もちろん、元《げん》だってそうだ。大人の……しかも本物の刑事に話すなんてこと初めてだから、ものすごく緊張した。

それでも、なんとか落書きの図や新聞などを使って必死に説明した。

話を聞き終わった峰岸《みねぎし》は、

「いやぁー、すごい。よくそんなことに気づいたね！」

と感心してくれた。

しかし、武藤《むとう》のほうは苦笑しているだけで、あからさまにため息までついている。

まるで、子供《こども》の遊びにいつまでつきあったらいいいんだ？　と言ってるように。

その証拠《しょうこ》に、彼《かれ》はすぐ立ち上がり、

「わかりました。では、こちらも慎重《しんちょう》に検討《けんとう》し、捜査《そうさ》の参考にさせていただきますよ。ご協力、感謝しました」

と、ちっとも心のこもっていない言い方で言った。こっちは忙《いそが》しいんだから、さっさと帰りなさいという目つきで。

なんとも気づまりな空気。

すると、峰岸《みねぎし》が、「ぼくが調べてみる。約束するよ！」と取りなすように言ってくれた。

しかし、

「ま、探偵《たんてい》ごっこはこれまでにして、君たちは学校の勉強やスポーツに精《せい》を出しなさい。

最近は何かと物騒《ぶっそう》なんだから。そうですよね？　お父《とう》さん！」

などと、武藤《むとう》のほうが威圧感《いあっかん》たっぷりに言ったもんだから、台無しだった。

瑠香《るか》は不満そうにほっぺをふくらませている。

元《げん》は唇《くちびる》を噛《か》みしめた。

だが、もうこれ以上は何を言っても無駄《むだ》だろう。

ギシッと音をたて、夢羽《むう》は椅子《いす》に座《すわ》ったまま向こうを向いてしまった。

やっぱりこういうことになると思った……。

夢羽《むう》の背中《せなか》はそう言っていた。

「じゃあ、行こうか」

英助《えいすけ》が子供《こども》たちをうながし、立ち上がった時だ。

ずっと黙《だま》っていた夢羽《むう》が、最後の最後、刑事《けいじ》たちに向かってこう言った。

「次の犯行《はんこう》予告日は四月二十六日。午前十時。場所は凧洲《たこす》町三丁目《ちょうさんちょうめ》の水野《みずの》って人の家です。信じないと絶対《ぜったい》に後悔《こうかい》しますよ！」

外見からは想像《そうぞう》もつかないような夢羽《むう》の迫力《はくりょく》に圧《お》され、ふたりともぎょっとしたが、

武藤《むとう》のほうはすぐ苦々しい顔で、

「じゃ、わたしはこれで。峰岸《みねぎし》、後は任せるぞ」

と言って、そそくさと出て行ってしまった。

しかし、ドアの外からこれ見よがしに、

「どういうんだろうな。最近のガキは。子供《こども》らしくないっていうかかわいげがないっていうのか」

と大声で言うのが聞こえた。

峰岸《みねぎし》が一所懸命《いっしょけんめい》謝《あやま》ってくれたが、その場の最悪な空気を救うことはできなかった。

18

帰り道、しょぼくれた顔で帰る元《げん》たちに英助《えいすけ》が言った。

「だいじょうぶ。絶対《ぜったい》にあれは役に立つ。だって、本当にすごいとオレは思ったんだから。おまえたちの推理《すいり》は当たってる。夢羽《むう》くんが言ってた通り、次の空き巣を防《ふせ》げなかったら……それに泥棒《どろぼう》たちを捕《つか》まえることができなかったら、オレはこのことを公《おおやけ》にしてやる。ビラ配って、社会問題にしてやる。いや、訴《うった》えてやる！」

おいおい、何をエキサイトしてんだ？　このおっさんは。

元《げん》はそう思いながらもうれしかった。

瑠香《るか》の顔にも笑顔《えがお》がもどった。

夢羽《むう》だけは口をつぐんだままだったが、それでも英助《えいすけ》が心配そうに見ているのを知って、少しだけ笑ってみせた。

それを見てようやく英助《えいすけ》は満足したらしい。

「よっしゃ！　じゃあ、今日《きょう》はオレがおごってやる！　おまえたち、本当によくやったもんな。ごくろう！」

「やった！　何？　何おごってくれんの？」

元《げん》が聞くと、英助《えいすけ》は「お好み焼きだ！」と胸《むね》を張《は》って答えた。元《げん》たちの、というより

は、英助《えいすけ》の好物だった。

これにはがっくりと肩《かた》を落とす元《げん》と瑠香《るか》。

「何言ってんだ。じゃあ、よしわかった。今日《きょう》はスペシャルでもいいぞ！」

英助《えいすけ》がしかたないなあという顔で言う。

「スペシャルって何？」

瑠香《るか》が聞く。夢羽《むう》も不思議そうに元《げん》を見た。

元《げん》はため息混《ま》じりに答えた。

「全部入ってんの。豚肉《ぶたにく》とエビとイカが」

三人は顔を見合わせ、思わずプッと吹《ふ》き出《だ》した。

瑠香《るか》や夢羽《むう》と別れた後、英助《えいすけ》は彼女《かのじょ》たちの後ろ姿《すがた》を見送りながら元《げん》に言った。

「本当だぞ。オレは本気だからな」

「え？　何が？」

「だから、おまえたちの発見を無駄《むだ》にしたら、このままじゃすましちゃおかないってことだ」

「ああ、それか。もういいよ、それは。オレたちもやるだけやったんだし。気がすんだよ」

決して強がりじゃなくて、元《げん》は本当にそう思っていた。

それに、町中を自転車で走り回って標識を見つけたり、その暗号を解《と》いたりして、すっごく楽しかったたし。夢羽《むう》ともたくさん話すことができた。

「父《とう》さん、今日《きょう》はありがと」

元《げん》が言うと、英助《えいすけ》は彼《かれ》の背中《せなか》に手を回し、歩き出した。

「オレはな。すごく感動したんだぞ。元《げん》が刑事《けいじ》を相手に、あんなにちゃんと説明している姿《すがた》を見てさ。オレの息子《むすこ》がいつの間に成長してたのかって、ちょっと焦《あせ》ったぞ」

元《げん》は照れた顔で英助《えいすけ》を見上げながら歩いた。

ふたりの影《かげ》ぼうしは夕焼けの中に長く伸《の》び、ゆっくりと家路をたどっていった。

19

そして、問題の四月二十六日になった!

さすがにその日は元《げん》も瑠香《るか》も授業《じゅぎょう》どころではなかった。

予告された十時くらいになると、ソワソワして何度も何度も時計《とけい》を見てしまった。

夢羽《むう》は相変わらずポーカーフェイスだったが、目が合うと、軽くうなずいてみせた。

やっぱり気にしてるんだろう。

授業が終わるや否《いな》や、学校から走って帰る。

春江《はるえ》も事情《じじょう》はわかってる。

もし、また空き巣が入ったのなら、噂《うわさ》を聞きつけてるはずだ。あるいは、泥棒《どろぼう》たちが捕《つか》まったのなら、それはそれで。

家の前に見慣《みな》れない車が停《と》まっていた。

お客さんかな？

そう思いつつ、それどころじゃない。早くどうなったかを知りたいと勢《いきお》いよく玄関《げんかん》のドアを開ける。

「母《かあ》さん！」と言いかけ、大きな革靴《かわぐつ》がキチンとそろえて置いてあるのを見つけた。英助《えいすけ》がはいているような靴じゃない。もっとかっこいいやつだ。

「誰《だれ》？　元《げん》??」

奥《おく》から春江《はるえ》の声がした。

パタパタと足音がして、妹の亜紀《あき》が走ってやってきた。

「お兄《にい》ちゃん！　すごいよ。すっごくかっこいいお兄ちゃんが来てる」

峰岸刑事《みねぎしけいじ》だった。

彼《かれ》はリビングのソファーに座《すわ》り、お茶を飲んでいた。

春江《はるえ》がいそいそとお茶菓子《ちゃがし》を出しながら、「ああ、元《げん》。刑事さんよ!!　大変なの!!」と言った。

元《げん》は、峰岸《みねぎし》の晴れやかな笑顔《えがお》で、みんなわかってしまった。

きっとうまくいったんだ‼

思わず元《げん》が笑うと、峰岸《みねぎし》も笑い、親指を突《つ》き出《だ》してみせた。

あれから、峰岸《みねぎし》は約束通り徹底的《てっていてき》に道路標識《ひょうしき》の落書きを調べたんだそうだ。あの武藤《むとう》刑事《けいじ》に嫌味《いやみ》を言われながらも。

そして、やはり元《げん》たちの主張《しゅちょう》通りだったことを確認《かくにん》した。これは無視《むし》できる問題ではないと。

一所懸命《いっしょけんめい》に説得した結果、警察《けいさつ》も動くことになった。

つまり、今日《きょう》、問題の家を張《は》りこんだのだ。

結果、やつらはまんまとやってきた。玄関《げんかん》のドアをピッキングしようとしたところをあっさり現行犯《げんこうはん》で捕《つか》まってしまったそうだ。

思った通り、彼《かれ》らがこの連続して起きた空き巣の犯人たちだった。

彼らはすぐ素直《すなお》に自供《じきょう》し、おとなしく言うことを聞いているという。

「とにかく君たちに一刻《いっこく》も早く報告《ほうこく》しておこうと思ってね。瑠香《るか》くんや夢羽《むう》くんにも話しておいてください。本当にありがとう」

峰岸《みねぎし》が出した手を元《げん》は握《にぎ》った。

彼《かれ》は、「じゃ、今日《きょう》は失礼します」と言って帰ろうとした。

「あら、まだいいじゃありませんか！」

春江《はるえ》がいやによそいき声で引《ひ》き留《と》めたが、彼は「すみません、またゆっくり来ます！」

と頭を下げた。

帰《かえ》り際《ぎわ》、外まで見送りに出た元《げん》は峰岸《みねぎし》に聞いた。

「ところで、結局あの空き巣たち、なぜあんな落書き使ったんですか？」

峰岸《みねぎし》は小さく肩《かた》をすくめてみせた。

「一応《いちおう》、おもしろ半分にやったと言ってるけどね」

「そうですか……」

「うん。ま、また何かわかったら報告《ほうこく》するよ。それじゃ！　みんなによろしく」

と、いったん行きかけて、ふと思い出したことがあるというように振《ふ》り返《かえ》った。

不思議そうにしている元《げん》に意味ありげに笑う。そして、

「武藤《むとう》さんがね。今回は負けといてやるって負《ま》け惜《お》しみ言ってたよ」

と、元《げん》だけに聞こえる声で言った。

峰岸《みねぎし》の車が遠ざかる音を確認《かくにん》して、元《げん》は、「やったあああああ!!」とバンザイしながら飛び上がった。

20

翌日《よくじつ》、学校でその話をすると、瑠香《るか》が、「わたしも会いたかったなぁ!!」と、しきりにくやしがった。

しかし、夢羽《むう》は何か気がかりなことがあるようで、元《げん》の話を聞いていても上の空だった。

どうしても気になって、放課後、靴箱《くつばこ》のところで夢羽《むう》を捕《つか》まえて聞いた。

「どうしたんだよ。何か……またあった?」

彼女《かのじょ》は上履《うわば》きを靴箱に入れた後、元《げん》を見つめた。

「結局、なぜあんな落書きを連絡《れんらく》の手段《しゅだん》にしたのか、その謎《なぞ》は解《と》けてないだろ?」

「あ、ああ……そうか。その話、するの忘《わす》れてた。昨日《きのう》、一応峰岸《いちおうみねぎし》さんに聞いたんだ。泥棒《どろぼう》たちはおもしろ半分でやったって言ってたそうだけど」

「そうかな、本当に。ところで、あの落書き、終点は空き巣の標的だというのがわかったが、じゃ始点はどこなのか……。それは調べてないだろ?」

「あ、あああ……たしかに」

「今日《きょう》調べてみようかと思ってる」

「じゃあ、オレも行くよ!」

元《げん》は家に帰り、ランドセルを玄関《げんかん》に放り入れると、すぐ自転車で夢羽《むう》の家へ行った。

高い壁の上にラムセスがヒョイと顔を出した。

「やあ、ラムセス。この前はごくろうさま」と、声をかける。

「あんた、猫《ねこ》と話ができるのか?」

ふいに後ろから声をかけられ、びっくりして振《ふ》り向《む》く。

夢羽《むう》が自転車にまたがり、元《げん》を見ていた。

こいつ、いつもこうして驚《おどろ》かすんだから！　ラムセスと同じじゃないか。

内心ブツブツ言っていたが、夢羽《むう》が自転車で走っていくので、あわてて後を追いかけた。

今度は落書きの視線《しせん》の逆《ぎゃく》をたどっていくのだ。

しかし、視線の逆をたどっていこうとして、元《げん》たちは奇妙《きみょう》な事実に突《つ》き当《あ》たってしまった。

どれも……夢羽《むう》の家から始まっているのだ。

どっちに行っても、どこからスタートしても、やはりここにもどってしまう。

門の前に立ち、元《げん》が不思議そうに夢羽《むう》を見る。

彼女《かのじょ》は元《げん》のほうを見ずに、屋敷《やしき》を見上げながら言った。

「ここが始点になっている……」

「ええぇ!?」

「たぶん……、貼《は》られたシールすべてがそうだ」

「で、でも……何のために!?」

元《げん》にはわけがわからない。

泥棒《どろぼう》たちが連絡用《れんらくよう》に使っていた落書き。それの始まりがすべてここ、夢羽《むう》の家だったというのはどういうことなんだろう!?

胸《むね》がざわつく。

しかし、元《げん》の心配をよそに、夢羽《むう》はどこか楽しそうだった。

まるでこのことは予測《よそく》していたかのような余裕《よゆう》のある顔だ。

屋敷《やしき》の屋根の上を白い雲がちぎれ飛んでいく。

春の日差しを受け、夢羽《むう》の白い肌《はだ》が柔《やわ》らかく輝《かがや》いている。

ひとつの謎《なぞ》は解明《かいめい》されたが、またひとつの謎が生まれた。

終わることのない謎のループ。台風の目のように、その中心に夢羽《むう》がいるのかもしれない。

楽しそうに微笑《ほほえ》む彼女《かのじょ》の横顔を見つめながら、元《げん》は思うのだった。

おわり

IQ《アイキュー》探偵《たんてい》ムー

キャラクターファイル

IQ《アイキュー》探偵《たんてい》ムー

キャラクターファイル

#01

名前………杉《すぎ》下《した》元《げん》

年…………10歳《さい》

学年………小学5年生

学校………銀杏《いちょう》が丘第一小学校《おかだいいちしょうがっこう》

家族構成《こうせい》…父／英助《えいすけ》　母／春江《はるえ》　妹／亜紀《あき》（小学2年生）

外見………身軽で引きしまった体。日に焼けた健康的な
顔色。ツンツンはねた短い髪。

性格《せいかく》………好奇心旺盛《こうきしんおうせい》。推理小説《すいりしょうせつ》や冒険《ぼうけん》ものが大好き。
よく食べ、よく寝て、よく遊ぶがモットー。

IQ《アイキュー》探偵《たんてい》ムー

キャラクターファイル

#02

名前………茜崎夢羽《あかねざきむう》

年…………10歳《さい》

学年………小学5年生

学校………銀杏《いちょう》が丘第一小学校《おかだいいちしょうがっこう》

家族構成《こうせい》…不明

外見………小柄《こがら》、スリムな体型。色白で美人だが、なりふりかまわないため、いつも長い髪《かみ》がもつれてボサボサ。

性格《せいかく》………頭も良く常《つね》に冷静沈着《れいせいちんちゃく》。人付き合いはよくないほうで誤解《ごかい》を受けやすい。すべてが謎《なぞ》に満ちていて、わからない部分が多い。集中すると、他《ほか》のことが目に入らなくなるところもある。

IQ《アイキュー》探偵《たんてい》ムー

キャラクターファイル

#03

名前………江口瑠香《えぐちるか》

年…………10歳《さい》

学年………小学5年生

学校………銀杏《いちょう》が丘第一小学校《おかだいいちしょうがっこう》

家族構成《こうせい》…父／達彦《たつひこ》　母／秀香《ひでか》

チンチラのカモミール、ジンジャー

外見………いつもばっちりカラーコーディネートした流行の服装《ふくそう》。大きな目が印象的で、髪《かみ》はふたつ結び。クルリンとカールさせている。

性格《せいかく》………すなおで正義感《せいぎかん》も強い。活発で人気もある。しっとぶかいところがあり、自分の思うとおりにならないとすぐすねる。わかりやすい性格。

あとがき

こんにちは！　かな。それとも、初めまして！　でしょうか。

わたしは、『フォーチュン・クエスト』というファンタジー小説でデビューし、今もそれを書き続けてたりしてます。

戦士や魔法使《まほうつか》いがモンスターを相手に戦ったりするお話ですが、登場人物がみんなちょっと変わってる上に、初心者ばかりです。まず、主人公が方向音痴《ほうこうおんち》のくせにマッパーといって、冒険中地図《ぼうけんちゅう》を書きとめる役の女の子なんですね。戦士の男の子だって、すごく優《やさ》しいもんだから、モンスターに斬《き》りつける時、ちょっと迷《まよ》ったりします。

そのお話を書き始めるキッカケを作ってくださったのが、この『ＩＱ探偵《アイキユーたんてい》ムー』をいっしょに作ってくださっている石川さんなんです。

だから、もう気が遠くなるくらい長いおつきあいで。たぶん、読者の皆さんの多くはこの世に生まれてもいない……影《かげ》も形もない頃《ころ》からのお友達《ともだち》なんです。

そうそう、深沢美潮《ふかざわみしお》というのは、ペンネームだったり、本名だったりします。

変わった名前でしょう？　ミシオなんて。

小学生の頃《ころ》はイヤでしかたありませんでしたが、今はたいへん気に入っています。

ところで、『ＩＱ探偵《アイキユーたんてい》』なんて、変テコな題名ですよね。

「ＩＱ」っていうのは、知能指数《ちのうしすう》の尺度《しやくど》のひとつ。これで、頭がどれくらいいいかを判断《はんだん》することがあります。

今はそんなことしないみたいですが、わたしが子供《こども》の頃《ころ》は、このＩＱ診断テストというのを受けました。

結果は知らないけど。今はすっごく下がってるんだろうなぁ……とほほほ。

で、そのＩＱに引っかけて、ＩＱテストだとか、ＩＱクイズみたいなおもしろい問題がすっごく流行《はや》ってたんです。

ふたつに分かれた道に出ました。どちらかに人食いライオンがいます。そこに、ふたりの男が現《あらわ》れました。彼《かれ》らは、どっちにライオンがいるか知っています。でも、ひとりはウソつきで、もうひとりは正直者です。ふたりに「はい・いいえ」で答えられる質問《しつもん》なら、一度だけできます。さて、どんな質問をすれば安全な道がわかるでしょう？

……みたいなね。

頭をちょっとひねらないとわからない問題のことです。

わたしは子供《こども》の頃《ころ》から、こういう問題を考えるのが大好きでした。

でも、この『ＩＱ探偵《アイキユーたんてい》ムー』を書き始めた頃《ころ》から、再《ふたた》びブームになっちゃってますね。わたしって時代を先読みしてたのかしら。いやいや、おもしろいものはいつの時代もおもしろいってことでしょう。

茜崎夢羽《あかねざきむう》みたいに謎《なぞ》だらけの転校生が、ある日やってくる……。

こんなシチュエーション、誰《だれ》だってドキドキしますよね。元《げん》くんや瑠香《るか》ちゃんだけじゃなくて。

この本は、彼《かれ》らがいろんなＩＱクイズっぽい事件《じけん》に出会って、解決《かいけつ》していくお話ですが、ぜひ皆《みな》さんも頭を少しだけひねって、どうしてだろう？　なんでだろう？　って、考えてみてください。

そして、もし、おもしろい謎《なぞ》を思いつくことができたら、ぜひわたしに教えてください。

そうだ。さっきの『正直者とウソつき』の問題の答え。それは、次の『IQ《アイキュー》探偵《たんてい》ムー』のあとがきで教えますすね！

さぁ、頭をひねってみてください。

深沢美潮《ふかざわみしお》

IQ探偵シリーズ①
IQ探偵ムー そして、彼女はやってきた。

2008年3月 初版発行
2018年10月 第9刷

著者 深沢美潮《ふかざわみしお》

発行人 長谷川 均

発行所 株式会社ポプラ社
〒102-8519 東京都千代田区麹町4-2-6 8・9F
[編集] TEL:03-5877-8108
[営業] TEL:03-5877-8109
URL www.poplar.co.jp

イラスト 山田J太
装丁 荻窪裕司（bee's knees）
DTP 株式会社東海創芸
編集協力 鈴木裕子（アイナレイ）

印刷・製本 大日本印刷株式会社

ISBN978-4-591-09687-1 N.D.C.913 190p 18cm
Printed in Japan

本書は、2004年11月にジャイブより刊行されたカラフル文庫を改稿したものです。
P4037001